Das Projekt Duplo – Duplo gegen Gomorrha

Bruno Küpper ist 1955 in Brühl/Rheinland geboren.

Mit seinem ersten Buch „Das Projekt Duplo – Der Beginn" wagte er sich in den weiten Themenbereich der Science-Fiction.

Science-Fiction entwirft Konstellationen des Möglichen und beschreibt deren Auswirkungen. Dabei werden bekannte wissenschaftliche und technische Möglichkeiten mit Spekulationen angereichert.
(Quelle: Wikipedia)

In der Perry-Rhodan-Welt ist Duplo die Sammelbezeichnung für von einem Multiplikator geschaffene künstliche Lebewesen.
Mit 3D-Druckern kann man heute schon viele Gegenstände beliebig oft kopieren. Wahrscheinlich wird es nicht mehr lange dauern, bis der Mensch Materie auch auf Molekularebene verändern kann.
Dann ist es nur noch ein Schritt bis zum Leben aus der Maschine.

Das Projekt Duplo – Duplo gegen Gomorrha ist der zweite Teil der Trilogie um den extravaganten Physiker Danielo.

Danielo hat erfahren, dass der Unfall seiner Stiefeltern in Wirklichkeit ein Mord war, mit dem Ziel, den Abschluss des Projekts Duplo zu verhindern.
Er beschließt, das Projekt fortzusetzen. Doch dafür müssen zuerst die 'dunklen Mächte' ausgeschaltet werden.
Der Kampf gegen die 'Gomorrha' beginnt.

Personen und Handlung sind frei erfunden.
Die Lokalitäten nicht ganz.

Bruno Küpper

Das Projekt

Duplo

Duplo gegen Gomorrha

Science-Fiction-Krmi

0

Was bisher geschah
(aus: Das Projekt Duplo - Der Beginn / Teil 1 der Duplo-Reihe)

Alfredo, ein junger Programmierer, tritt seine erste Stelle in Senigallia an und wird Augenzeuge, wie in einem Forschungslabor ein Unglück geschieht, bei dem anscheinend die gesamte Belegschaft ums Leben kommt.

In dem Labor arbeitete Danielo, der als Waisenkind zu einem Physikprofessor kam und dort als Adoptivkind aufgewachsen ist.

Seinen Zwillingsbruder Ricardo hat er nie kennen gelernt, weil sie früh getrennt wurden.

Ricardo wurde von dem chinesischen Geheimdienstler Ho engagiert, um mit einem Sabotageakt das Projekt in dem Forschungslabor zu beenden. Aber anscheinend waren auch andere Kräfte gegen das Projekt; sie fangen Ricardo ab und schicken einen eigenen Mann zum Labor.

Ricardo kann fliehen. Seine Flucht wird von zwei Jungen beobachtet, die in einer ehemaligen Erzgrube (ihre 'Höhle') nach einer legendären Goldader suchen. Doch der ihnen unbekannte Mann bleibt verschwunden.

Als Danielo realisiert, dass er nur knapp dem Tod entkommen ist, aber offiziell als tot gilt, beschließt er, ein neues Leben zu beginnen. Mit seinem Erbe kauft er einen alten Bauernhof in der Südeifel (Rutsch, Ortsteil von Pölsch, Namen ein wenig verändert) und lebt dort. Er stellt mit einem Nachbau der 'Maschine' aus dem Forschungslabor nahezu perfektes Falschgeld her.

Danielos Nachbar in Rutsch ist Kriminalkommissar Michael Stammel. Weil dessen Sohn Benno neugierig in Danielos Werkstatt auftaucht, kommen sich die Nachbarn näher und Michael stellt Danielo seinen Kollegen vom Stammtisch vor, die von seinen Geschichten über moderne Techniken angetan sind.

Aus Danielos Erzählungen hat Michael herausgehört, wo dieser ursprünglich herkommt (Senigallia/Italien/Marken) und macht mit seiner Familie einen Kurzurlaub dort. Wie es der Zufall will, erfährt Ricardo dadurch, wo sich sein Bruder jetzt aufhält.

Dann fällt das Falschgeld auf, und Danielo gerät in das Visier von Michaels Kollegen Torben Grätzer. Als ein Zugriff kurz bevorsteht, kommt Ricardo unerwartet nach Rutsch, um seinen Bruder zu besuchen.

Weil er die Kommissare belauscht, kann er seinen Bruder warnen, und Danielo verabschiedet sich spektakulär, indem er seine Werkstatt in die Luft jagt. Er hinterlässt auch einen Abschiedsbrief, so dass es nach Selbstmord aussieht.

Gemeinsam mit Ricardo bricht Danielo auf, um sich eine neue Heimat zu suchen.

Im Jahr darauf machen Michael, sein Kollege Torben und ihre Familien einen gemeinsamen Urlaub in Senigallia.

Als sie dort über den Fall 'Danielo' sprechen, bekommen Alfredo, der Programmierer, und seine Ex-Kollegin Silvia dies mit. Sie machen die deutschen Kommissare auf die Parallelen zwischen dem Vorfall in Senigallia und dem in Deutschland aufmerksam.

Michael und Torben ahnen, dass die Geschichte noch nicht zu Ende erzählt ist.

1

Aus: Das Projekt Duplo – Der Beginn:

Michael und Torben saßen auf der Terrasse und gönnten sich einen Roten.

„Weißt du noch, als wir den Fall mit dem Falschgeld hatten?", fragte Torben.

„Klar", meinte Michael.

„Dass wir Danielo nicht gekriegt haben, weil er sich umgebracht hat, kann ich immer noch nicht fassen. Wir waren so nah dran!" Torben nahm einen Schluck und sagte:

„Aber er hat Recht gehabt: Schön ist es hier!"

Alfredos Firma war inzwischen nach Rom umgezogen, aber er kam immer wieder gerne hierhin, wenn er ein paar Tage frei hatte. Hier hatte er die ersten Monate seines Berufslebens gewohnt. Er genoss die gute Luft, die Aussicht aufs Meer, die Ruhe…

Viel wichtiger war: Er traf Silvia wieder, die in Senigallia geblieben war und jetzt im Hotel am Empfang arbeitete. Sie hatte gerade Pause, und sie saßen auf der Terrasse bei einem Eis.

Als der Name Danielo fiel, flüsterte er ihr ins Ohr: „Was sind das für Leute?"

„Benno, das ist der Fllius von dem einen, hat mir gestern stolz gesagt, dass sein Vater und sein Freund bei der Kriminalpolizei sind."

„Interessant!", antwortete Alfredo. „Ich kann leider nicht alles verstehen, was sie sagen, aber der eine hat eben 'Danielo' gesagt."

„War das nicht dieser Physiker, der in dem Bunker gearbeitet hat?"

„Genau!"

„Weißt du was, ich spiele mal den Dolmetscher für dich", flüsterte sie, legte ihm den Arm um die Schultern und zog seinen Kopf auf ihre Schulter.

„Wie es da aussah! Ich habe heute noch Gänsehaut, wenn ich daran denke. Nix mehr, nur noch ein kleiner Haufen Staub und Asche. Das muss eine höllische Hitze gewesen sein.
Was sagen die Schwarzkittel in der Kirche immer: ‚Aus Staub bist du geworden und zum Staub wirst du zurückkehren', oder so ähnlich."
Michael schüttelte sich.
„Das einzige, was von ihm übrig war, war der teure Platinring!"
Alfredo flüsterte Silvia ins Ohr: „Wie damals unten im Bunker!"
Silvia schaute auf die Uhr.
„Du, jetzt kommen die Gäste alle wieder; es gibt gleich Abendessen. Ich muss wieder an den Empfang. Aber wenn du mich noch brauchst - ich bin noch da und helfe dir gerne!"
Sie gab ihm einen Kuss, lächelte freundlich und ging.

Alfredo drehte sich zu den Kommissaren um und fragte:
„Scusi, parla italiano?"
Michael schaute Torben an, dann sagte er: „Poco!"

„Papa", rief Benno, der vom Pool angelaufen kam. „Ich habe beim Kickern gegen Mama gewonnen!"
Maria kam gleich hinterher und zwinkerte Michael zu.
„Benno war heute richtig stark!", sagte sie.
„Du kannst doch Italienisch", sagte Michael zu ihr.
„Na ja, Volkshochschule, mehr nicht!"
„Dann sprich doch mal mit dem jungen Mann da; ich glaube, der will uns was zu erzählen."

Maria unterhielt sich kurz mit Alfredo, dann bedankte sie sich bei ihm und setzte sich zu ihrem Mann.
„Er sagt, dass er so halb mitbekommen hat, was ihr gesagt habt. Aber als du ‚Danielo' gesagt hast, ist er aufmerksam geworden. Seine Freundin hat ihm dann ins Ohr geflüstert, was ihr erzählt habt. Es hat hier vor zwei Jahren einen schweren Unfall gegeben. Eine Druckerfirma ist damals abgebrannt. In dieser Druckerfirma sind von den Beschäftigten auch nur Staub

und Asche und zwei Platinringe übrig geblieben. Und jetzt halt sich fest: Einen Danielo gab es da auch!"

Michael und Torben schauten sich an.

"Warte mal", sagte Michael. "Ich habe doch mal ein Gruppenfoto von unserem Stammtisch gemacht. Vielleicht habe ich das noch!"

Er nahm sein Smartphone und ging die Bildergalerie durch.

"Bingo!", sagte er, und zeigte Alfredo das Foto.

"Danielo?", fragte er.

"Danielo!", antwortete Alfredo erstaunt.

"Hast du die Akte noch bei dir?", fragte Michael seinen Kollegen.

"Klar. Sie ist zwar schon im Keller, im Archiv. Aber wir haben die Akte auf jeden Fall noch."

"Das ist gut!", sagte Michael. "Ich glaube, die brauchen wir noch!"

Beim Abendessen sagte Michael zu Torben:

"Ich könnte mir gut vorstellen, dass Danielo seinen Abschied nur vorgetäuscht hat und jetzt wieder irgendwo ist, wo ihn keiner kennt, und er in Ruhe seine krummen Sachen machen kann."

"Das hätte er dann aber wirklich super gemacht. Ich wäre nicht auf die Idee gekommen, dass an der Geschichte etwas faul ist!"

Benno hustete heftig.

"Was ist los?", fragte Maria ihn. "Hast du dich etwa an einer Nudel verschluckt?"

Benno schüttelte den Kopf und schaute verlegen nach unten.

"Hast du die Geschichte mit Danielo immer noch nicht verarbeitet?", fragte Michael.

Benno nickte.

Dann sagte er:

"Ich glaube, ich habe einen großen Fehler gemacht."

"Wie meinst du das?"

"Versprichst du mir, dass du mir nicht böse bist, wenn ich dir jetzt etwas Schlimmes erzähle?", fragte Benno.

„Etwas Schlimmes?"
Benno nickte.
„Nun, das kommt darauf an, wie schlimm das ist!", sagte
Michael und lachte.
„Was für ein Verbrechen hast du denn begangen?"
Benno schaute jetzt auch Torben an und schien darauf zu
warten, dass auch er etwas sagte. Torben tat ihm den Gefallen:
„Also, wenn du eine Bank überfallen hast, dann muss ich dich
direkt verhaften!", sagte er.
„Festnehmen meinst du", sagte Michael lachend. „Du willst
doch nicht wieder den gleichen Fehler machen wie damals bei
dem Banker?"
„Woher weißt du das denn schon wieder?", fragte Torben.
„Geheim!", sagte Michael. „Oder glaubst du, dass ich deine
Kollegen in Trier verpetze?"
Michael wendete sich wieder Benno zu.
„Also, Benno, sag' mir schon, was du Böses gemacht hast",
sagte er.
Benno holte tief Luft, dann legte er los:
„Ich hatte mitbekommen, dass ihr einem Superfälscher auf der
Spur seid, und Danielo gefragt, ob er vielleicht der Super-
fälscher ist!"
„Du hattest das mitbekommen? Wie denn?"
„Das ist geheim!", sagte Benno.
Torben lachte laut.
„Der Kleine lernt aber schnell!"
Michael hatte derweil begriffen, was das Geständnis von Benno
bedeutete.
„Dann weiß ich jetzt, warum uns Danielo entkommen ist. Wenn
du ihn das gefragt hast, wundert mich nichts mehr!"
„Muss ich jetzt ins Gefängnis?", fragte Benno kleinlaut.
„Nein", sagte Torben, „erstens bist du noch nicht strafmündig,
wie man das nennt, und zweitens konntest du doch nicht
ahnen, dass Danielo deshalb schnell abgehauen ist, bevor wir
ihn festnehmen konnten."
Benno schaute ihn ungläubig an.

„Das heißt, dass Danielo gar nicht tot ist, sondern noch lebt?"
„Wahrscheinlich ist das so", sagte Michael.
„Muss ich ihm dann jetzt den Drucker und die Autos wiedergeben?", fragte Benno.
„Keine Angst", sagte Michael, „die Sachen hat er dir ganz offiziell geschenkt. Die gehören unumstößlich dir!"
Benno atmete auf.
„Dann brauchen wir sicher auch keine Kerzen mehr auf sein Grab zu legen, wenn er gar nicht da drin ist."
„Das stimmt", sagte Maria, die sich alles still angehört hatte.
„Aber eins verstehe ich immer noch nicht", sagte Benno.
Michael schaute ihn fragend an und wartete ab, was jetzt kommen würde.
„Als wir das erste Mal hier waren, habe ich einen Mann gesehen, der genau so aussah wie Danielo. Aber das konnte Danielo gar nicht sein, weil der ja zu Hause in Rutsch war, und außerdem arbeitete der andere Mann hier."
„Das musst du mir jetzt aber ganz genau erklären", sagte Torben erstaunt. „Du hast hier einen Mann gesehen, der wie Danielo aussah und der hier gearbeitet hat?"
Benno nickte wieder.
„Ihr habt doch Tennis gespielt und ich habe eure Bälle gesucht und gefunden", sagte Benno zu seinen Eltern.
„Richtig", sagte Maria, „und du hast doch sogar eine Belohnung bekommen!"
Benno konnte sich gut erinnern, dass er für seinen Freund Martin und sich ein schönes großes Eis davon gekauft hatte.
„Und da habe ich den Hausmeister gesehen, als er das Loch im Zaun geflickt hat. Ich sag' dir: Der sah aus wie Danielo. Ich bin danach extra mit Martin an die Garage gegangen, wo der Hausmeister immer die Fahrräder repariert und habe durch das Fenster noch mal genau geguckt. Der sah Danielo wirklich ganz ähnlich!"
Michael nahm noch einmal sein Smartphone und suchte das Bild vom Stammtisch, das er vorher Alfredo gezeigt hatte, und winkte den Kellner zu sich.

„Kennen Sie diesen Mann?", fragte er und zeigte ihm das Bild.

„Sieht aus wie Ricardo", sagte der Kellner, „aber er ist anders angezogen, und die Haare hat er auch anders."

„Danke", sagte Michael. „Können wir mit Ricardo sprechen?"

„Nein", sagte der Kellner, „das geht nicht mehr. Ricardo und Elena haben letzten Monat gekündigt und sind dann abgereist."

„Elena?"

„Die war hier an der Rezeption. Ricardo und sie waren ein Paar."

„Und wo sind sie hin?"

Der Kellner zuckte mit den Schultern.

„Das haben sie uns nicht gesagt. Da müssten Sie den Chef fragen. Vielleicht weiß er das!"

Torben hatte jetzt der Ehrgeiz gepackt.

„Weißt du was", sagte er zu Michael, „wir machen hier zwar Urlaub, aber ich hätte Lust, morgen mal zu den Kollegen unten in Senlgallia zu fahren und ihnen die Geschichte von Danielo zu erzählen, so, wie wir sie kennen. Ich glaube, dass sie das sehr interessiert!"

„Einmal Polizei, immer Polizei", sagte Maria leicht resigniert. „Wenn ihr dafür einen Urlaubstag weniger abgezogen be-kommt, ist das in Ordnung."

„Du glaubst doch nicht mehr an den Weihnachtsmann?", fragte Michael.

Benno lachte.

„An den glaube doch sogar ich nicht mehr!"

2

Nach dem Frühstück packten sie ihre Sachen zusammen, um an den Strand zu fahren. Während die Frauen noch oben in den Zimmern waren, gingen Michael und Torben kurz zu Silvia an die Rezeption.

„Können Sie mir sagen, wo Ricardo und Elena hingezogen sind?"

Silvia zögerte kurz, dann sagte sie:

„Soviel ich weiß, hat Ricardo einen schönen Batzen Geld von seinem verstorbenen Bruder geerbt, und sie wollen in Elenas Heimat in Kroatien ein kleines Hotel aufmachen."

„Haben Sie eine Adresse der beiden?"

„Nein", sagte Silvia, „die haben sie uns leider nicht verraten. Ich denke, sie wollen sich dort erst mal ganz in Ruhe und ungestört eine Existenz aufbauen."

„Das kann ich verstehen", sagte Michael.

„Aber Sie können uns vielleicht einen Tipp geben. Sie haben doch mitbekommen, dass wir nach diesem Danielo gefragt haben. Wir haben ein paar Informationen, die wir gerne an die Polizei hier vor Ort weitergeben wollen. Wen sprechen wir da am besten an?"

Silvia dachte nach. Dann sagte sie:

„Am besten gehen Sie zu den Carabinieri und fragen da nach Herrn Caporione. Er war der Einzige, der noch einmal kam und uns zu den Leuten befragt hat, die da gearbeitet haben."

Inzwischen waren die Frauen und Benno bereit, und sie stiegen in den Shuttlebus zum Strand.

Nachdem sie ein paar Stunden die Sonne genossen und einen kleinen Imbiss zu sich genommen hatten, sagte Michael zu Maria:

„Habt ihr etwas dagegen, wenn Torben und ich einen kleinen Spaziergang in die Stadt machen? Wir wollen nach etwas gucken."

„Du meinst Ermittlungen machen, oder?", fragte sie.

„Nein nein", sagte Michael, „wir wollen nur ein wenig mit den Kollegen plaudern."

Maria zuckte die Schultern.

„Wenn's sein muss! Aber bleibt nicht zu lange. Ihr wisst ja, wann der letzte Shuttlebus wieder zum Hotel fährt!"

Michael hatte sich vom Hotel ein kleines Infoheftchen mitgenommen, in dem auch der Standort der Carabinieri eingezeichnet war. Es war zwar ein ganzes Stück zu laufen, aber sie waren froh, sich nach den Stunden des Nichtstuns am Strand wieder ein wenig bewegen zu können.

Torben mit seinen mageren Italienischkenntnissen ging vor.

„Scusi, sono Torben Grätzer, polizia tedesca. Parli tedesco?", fragte er den ersten Kollegen.

„Tedesco?", fragte der zurück. „Uno momento per favore!"

Kurz darauf kam er mit einem Kollegen zurück.

„Guten Tag!", sagte Torben. „Sie sprechen Deutsch?"

„So sieht's aus", antwortete der Polizist freundlich.

„Um was geht es denn?"

„Wir sind zwei Kollegen aus Deutschland und machen hier Urlaub. Gestern haben wir erfahren, dass wir uns bei einem Fall gegenseitig helfen könnten! Aber zuerst will ich uns vorstellen: Mein Freund hier heißt Michael Stammel und arbeitet bei der Kriminalpolizei in Koblenz; ich heiße Torben Grätzer und bin bei der Kripo in Trier."

„Schön! Ich heiße Lucca Caporione."

„Perfekt", sagte Michael, „genau zu Ihnen wollen wir. Aber woher können Sie so gut deutsch?"

„Ich komme aus Südtirol, aus Algund, das ist in der Nähe von Bozen. Bei uns sprechen die meisten Leute Deutsch, und natürlich auch Italienisch. Weil hier viele deutsche Touristen hinkommen, hat sich unser oberster Chef gefreut, dass er einen Mann gefunden hat, der mit den Touristen sprechen kann, wenn es irgendein Problem gibt. So wie ich Sie verstanden habe, gibt es ein Problem!"

„Ein Problem ist es nicht. Aber es muss hier vor ungefähr zwei Jahren eine Katastrophe in einem Gewerbegebiet gegeben haben, bei dem viele Leute umgekommen sind."

„Sie meinen sicher die Geschichte mit dem Bunker."

„Bunker?"

„Ach so, das können Sie nicht verstehen. Das Gebäude, in dem sich das Ganze abgespielt hat, war so gebaut, dass es von außen wie ein Bunker aussah. Die Leute in der Nachbarschaft haben das Haus deshalb immer 'Bunker' genannt. Das haben wir der Einfachheit wegen übernommen."

Er bat die beiden, sich an einen freien Tisch zu setzen.

„Sie haben Informationen zu dem Fall? Da bin ich aber gespannt!"

Michael begann:

„Bei uns im Ort ist vor knapp zwei Jahren ein Italiener zugezogen, der hier aus Senigallia kam. Ein netter Mensch, aber ich glaube, der hat uns ganz schön an der Nase herumgeführt. Als wir herausbekommen haben, dass er sagenhaft gutes Falschgeld macht, und ihn festnehmen wollten, hat er sich in seiner Werkstatt umgebracht. Zumindest ist das die offizielle Version. Aber als ich gehört habe, wie die Sache hier in dem Forschungslabor abgelaufen ist, habe ich Zweifel bekommen."

„Wie meinen Sie das?"

„Der Italiener hieß Danielo Spettro und war ungefähr so alt, wie der Danielo, der hier in dem Bunker gearbeitet hat. Was aber wirklich seltsam ist: Wir haben erfahren, dass damals von den Leuten außer Asche nur zwei Ringe aus Platin übrig geblieben sind."

„Die Ringe von Danielo und Barbara!", sagte Caporione.

„Genau das hat man uns gesagt, und da sind wir stutzig geworden", sagte Michael. „Jetzt raten Sie mal, was von dem Danielo bei uns übrig geblieben ist?"

„So wie Sie mich fragen, nehme ich an, ein Platinring!"

„Genau! Auch das Feuer, das alles vernichtet hat, muss in etwa das gleiche gewesen sein wie hier. Halten Sie es für möglich, dass es sich um ein und denselben Danielo handelt, und er in Wirklichkeit immer noch lebt?"

„Ich habe damals schon Zweifel gehabt, ob wirklich alle Mitarbeiter anwesend waren, als die Katastrophe passiert ist. Aber wir haben den Ring von Danielo im Schutt gefunden."

„Könnte er den Ring nicht nachträglich da hin geschafft haben?"
„Eigentlich nicht! Meine Leute und die Kollegen von der Municipale[1] haben damals auf Anweisung aus Rom den Unglücksort rund um die Uhr bewacht, bis die Untersuchungen abgeschlossen waren."
Er schien über etwas nachzudenken, dann fuhr er fort.
„Danielos Ring haben wir, also die Kollegen, aber erst einen Tag später gefunden, da, wo die Toiletten waren. Rialzato von der Stato[2], der den Einsatz leitete, hat damals gemutmaßt, dass Danielo im Augenblick des Unglücks auf der Toilette war. So wie der drauf war, konnten wir uns das vorstellen."
Er dachte wieder kurz nach.
„Aber wie soll er den Ring später dort hingebracht haben? Der Bunker hatte doch nur den einen Ein- und Ausgang vorne an der Straße und der war rund um die Uhr bewacht!"
„Nur einen Ein- und Ausgang? Das wäre bei uns in Deutschland gar nicht möglich", sagte Torben. „Bei uns muss jedes Gebäude, das nicht ein reines Privathaus ist, einen Fluchtweg haben. Ist das hier anders?"
„Da bin ich überfragt. Aber eigentlich müsste das hier auch so sein. Stellen Sie sich vor, es gibt ein Feuer, das den Haupteingang versperrt. Dann würden ja alle Leute jämmerlich umkommen!"
Er machte wieder eine kurze Pause, dann sagte er:
„Ich glaube, wir sollten den Bunker noch einmal genauer untersuchen. Aber Sie sollten Ihren Urlaub hier in Ruhe genießen."
„Wir würden trotzdem gerne wissen, was Ihre Untersuchungen ergeben haben. Wir könnten uns doch am Abend im Hotel zu einem Glas Wein treffen!"
Caporione überlegte kurz, ob er keine anderen Termine hatte, dann war er einverstanden.
„Das geht aber nur, wenn Sie nichts dagegen haben, dass unsere Frauen dabei sind", sagte Michael. „Trotzdem würde ich

---

1 Municipale ist die unterste Polizeibehörde, vergleichbar mit dem Ordnungsamt in Deutschland
2 Stato ist die Policia di Stato, vergleichbar mit der Kriminalpolizei

mir diesen 'Bunker' gerne auch selber mal in Echt ansehen. Wir können doch auf dem Weg zum Strand sicher mal kurz da vorbei gehen!"

„Ich glaube, jetzt zu Fuß bis da hin und danach noch den Weg wieder zum Strand zu gehen, das ist zu weit", sagte Caporione.

„Aber wir könnten eben zusammen dorthin fahren, und ich setze Sie hinterher wieder am Strand ab. Wäre das O.K.?"

„Das wäre natürlich Spitze", sagte Michael. „ Also! Los geht's!"

Michael war erstaunt, als Caporione auf der Ausfallstraße einen Kreisverkehr komplett umrundete und wieder zurück in Richtung Senigallia fuhr. Aber als er sah, dass man nur so in das kleine Gewerbegebiet hinein kam, in dem der Bunker stand, hatte er es verstanden.

„Das ist aber keine einfache Verkehrsführung hier", sagte er, als sie vor dem Bunker aus dem Wagen gestiegen waren.

„Was ist schon einfach im Leben?", fragte Caporione.

Dann fügte er hinzu: „Hier ist übrigens alles noch so, wie direkt nach dem Unglück. Nur die Softwarefirma, die hier gegenüber war, ist inzwischen nach Rom umgezogen. Jetzt ist die Ecke hier ziemlich trostlos."

Als sie durch den Zickzackeingang in den Innenhof des Bunkers gingen, kam ihnen eine schwarze Katze entgegen und rannte zwischen ihnen hindurch weg.

„Ob das die gleiche Katze wie vor zwei Jahren ist?", sagte Caporione vor sich hin. Er schüttelte den Kopf, dann sagte er: „Vielleicht klaut die immer noch Beweisstücke!"

Michael und Torben schauten ihn fragend an.

Caporione lachte und erklärte dann den beiden deutschen Kommissaren, dass sie damals Witze darüber gemacht hatten, dass ihnen die blöde Katze alle Beweise stibitzt haben könnte.

„Hier, wo die Keramikstücke liegen, waren die Toiletten", sagte er. „Da wurde auch der Ring von Danielo gefunden."

„Hat denn keiner den Schutt und die Asche auf Seite geräumt, um zu sehen, ob es hier vielleicht einen Notausgang gab?", fragte Michael. Caporione schüttelte den Kopf.

„Die Untersuchung haben damals unsere Kollegen von der

Stato, gemacht. Aber unabhängig davon: Daran habe ich auch noch nicht gedacht!"

Torben hatte sich umgeschaut; ein Gerät, das man mal eben als Besen oder Schaufel nutzen konnte, war nicht zu sehen. Überhaupt war außer den Betonwänden und dem Gemisch von Schutt und Asche auf dem Boden nichts anderes zu sehen.

Außer den Spuren von Katzenpfoten.

„Ich habe eine Idee!", sagte Torben und verschwand nach draußen, noch bevor ihn Michael fragen konnte, was er vorhabe.

Kurz darauf hörten sie ihn rufen:

„Kommt mal nach hinten, hinter den Bunker. Ich habe hier was gefunden!"

Michael und Caporione gingen schnell um das Gebäude herum.

Die Außenwand war auf der dem Meer abgewandten Seite von hohen Büschen verdeckt und zwischen den Büschen hatte Torben einen Treppenabgang gefunden.

„Schaut hier!", sagte er. „Hier muss der Notausgang gewesen sein!"

Caporione schaute nach rechts und links, um den Standort einzuschätzen. Dann sagte er:

„Sie haben Recht. Wenn ich mich nicht sehr täusche, sind wir hier hinter der Stelle, wo die Toiletten waren. Wahrscheinlich war der Notausgang bei den Toiletten. Das heißt aber auch, dass durchaus einer der Leute aus dem Bunker ein Saboteur gewesen sein kann, der die Katastrophe ausgelöst und sich schnell verdrückt hat!"

„Ich kann mir auch schon denken, wer das war", sagte Michael. „Ich würde auf Danielo tippen."

„Das heißt dann aber auch, dass unser lieber Danielo nicht nur ein harmloser Falschgeldmacher, sondern ein eiskalter Killer gewesen wäre!", ergänzte Torben.

Dann sagte Caporione:

„Ihre Idee mit dem Glas Wein heute Abend finde ich gut. Aber ich glaube, wenn ich Ihnen alles erzählen will, was in der letzten Zeit hier passiert ist, dann brauchen wir mehr als ein Glas!"

Michael und Torben waren erstaunt.
Caporione klärte sie auf:
„In den letzten Monaten sind hier ein paar spektakuläre Morde passiert, die noch nicht aufgeklärt sind, und jemand führt seit Kurzem anscheinend einen - wie soll man das nennen? - einen Privatkrieg gegen das organisierte Verbrechen. Sagen wir:
Gegen die 'Gomorrha'."

3

Im Jahr zuvor

Ricardo und Danielo waren durch Rutsch in Richtung Sportplatz gefahren und hatten auf dem Feldweg neben dem Parkplatz Mammutgrube an der A48 gewartet. Pünktlich um vier Uhr sahen sie im Norden, da, wo die Täler vom Rutschbach und der Nette waren, ein kurzes, sehr helles Licht. Kurz darauf hörten sie, dass die Feuerwehr ausrückte.

„Das scheint ja alles geklappt zu haben", sagte Danielo.

Sie unterquerten die Autobahn, fuhren durch das Gewerbegebiet zur Auffahrt Pölsch, und dort auf die Autobahn in Richtung Koblenz. Vier Stunden später überquerten sie bei Weil am Rhein die Schweizer Grenze.

Sie gönnten sich eine Frühstückspause.

Gegen Mittag hatten sie das Ziel bei Brusio erreicht.

Danielo hatte in einer Pizzeria zwei Pizzen zum Mitnehmen geholt. Nun hatten sie gegessen und saßen bei einem Roten.

Jetzt ging es darum, für die Zukunft zu planen.

„Bei mir ist die Sache einfach", sagte Ricardo. „Ich gehe zurück nach Scapezzano und arbeite weiter als Hausmeister."

„Klar", sagte Danielo. „Bei mir wird das schon etwas schwieriger. Wer weiß denn überhaupt, dass ich das Unglück im Bunker überlebt habe?"

Ricardo überlegte.

„Bei dem Gebrauchtwagenhändler hast du dich als deinen Bruder ausgegeben. Der kennt also eigentlich nur mich", sagte Ricardo.

„Und die beiden jungen Leute von der Softwarefirma haben nach dem Unglück auch nur mich gesehen!"

Danielo überlegte weiter:

„Da wären noch die Leute bei der Bank, wo ich mein Konto aufgelöst habe. Denen hatte ich auch gesagt, dass ich nach Deutschland wolle, wo ich entfernte Verwandte hätte. Die sollten wir im Auge behalten."

Ricardo fuhr fort.

„Bei dem Makler war ein Notar, der das Haus im Auftrag verkauft hat. Das heißt, der Makler kennt dich auch nicht."

„Er kennt mich schon, weil er das Mietshaus für mich verwaltet hat. Aber nach dem Unglück hat er mich natürlich auch nicht mehr gesehen. Deshalb kam er ja auf die Idee zu behaupten, ich sei tot und das Haus gehöre jetzt, wie vertraglich vereinbart, ihm!"

„Das heißt aber, der Notar müsste dich noch gesehen haben, als du ihm den Auftrag gegeben hast, das Haus für dich zu verkaufen."

„Ja, das war der Senior Leguleio. Der ist übrigens Notar und Anwalt. Ein schon etwas älterer Herr, aber sehr nett und kompetent", sagte Danielo.

„Den kenne ich auch", sagte Ricardo. „Das ist der, bei dem ich meine Unterlagen verwahren lasse. Auch über den guten Herrn Ho habe ich einen belastenden Brief bei ihm liegen. Er hat den Auftrag, den Brief an die Polizei zu übergeben, wenn mir etwas passiert. Dem Leguleio können wir vertrauen!"

„Den Brief bei ihm verwahren zu lassen ist clever", sagte Danielo.

„Aber was ist, wenn ihm etwas passiert?"

„Solange die Unterlagen nicht verschwinden, ist das kein Problem."

Ricardo nahm noch ein Stück Pizza, das übrig geblieben war, dann sagte er:

„Der Gebrauchtwagenhändler lebt übrigens nicht mehr!"

„Warum?", fragte Danielo erstaunt. „Der war doch noch nicht so alt!"

„Er ist kurz nach dem Unglück bei einem Unfall getötet worden."

„Wie ist das passiert?"

„Er wollte auf die andere Straßenseite gehen und hatte übersehen, dass ein Kurierfahrer mit seinem Kleinlaster die Straße entlang gerast kam. Der hat ihn voll erwischt. Die Mitarbeiter haben versucht, ihn noch zu retten, aber da war nichts mehr zu machen. Einer der Monteure ist dann ins Büro gegangen, hat eine Pistole aus dem Schreibtisch geholt und den Fahrer ins Jenseits geschickt. Das war übrigens zufällig der gleiche Schwarze, der mich bei meinem Einsatz für Ho gerettet hatte, als der falsche Carabiniere mich umbringen wollte."

„Wenn das der Papst hören würde!", sagte Danielo. „Der hat an meinem letzten Abend am Stammtisch auch über den Zufall an und für sich philosophiert."

„Willst du mich veräppeln? Der Papst ist doch mit Sicherheit nicht an eurem Stammtisch gewesen."

Danielo lachte.

„Nein! Aber an dem Stammtisch hatte jeder einen Spitznamen. Der Pfarrer aus dem Ort hieß mit Vornamen Johannes Paul und wurde deshalb 'Papst' genannt."

Ricardo lachte, dann fragte er:

„Welchen Spitznamen hattest du denn?"

„Daniel Düsentrieb."

„Das passt doch!"

Danielo lächelte.

„So ein Stammtisch war für mich völlig neu", sagte er. „Ich glaube, dass es das hier bei uns gar nicht gibt."

„Da hast du Recht."

„Aber zurück zum Thema: Gibt es jemand, der für uns gefährlich werden kann, nur weil er weiß, dass wir Zwillinge sind, oder besser Zwillinge waren?", fragte Danielo.

„Mir fällt nur noch das junge Pärchen ein, das in der Softwarefirma gearbeitet hat und natürlich dieser Chinese, der gute Herr Ho."

„Dann sind es also gerade mal drei Personen, vor denen wir uns in Acht nehmen müssen!"

„Du hast die Leute von der Bank vergessen!", sagte Ricardo.

„Da sollten wir auf die Einhaltung des Bankgeheimnisses vertrauen", sagte Danielo.

„Mit dem Herrn Ho habe ich übrigens noch eine Rechnung offen", sagte Ricardo.

„Meinst du den Bonus, den du dir ausgedacht hattest?"

„Nein, das nicht. Aber er hatte vor, mich ins Jenseits zu schicken, wenn ich den Auftrag für ihn erledigt hatte. Er hatte mir eine Tablette mitgegeben, die ich nach dem Zwischenfall nehmen sollte, um dann zu sagen, mir sei schlecht und schnell zu verschwinden, bevor der Schwindel auffällt. Die habe ich ein paar Tage später in Schokoladenguss eingearbeitet und einem Hund aus der Nachbarschaft gegeben, der mich schon seit längerem genervt hat."

„Damit der seinem Herrchen oder Frauchen die Bude mal so richtig voll scheißt? Gemein!"

„So weit habe ich nicht gedacht, aber dem Köter sollte es mal richtig schlecht werden! Er hat die Schokolade schnell runter geschluckt. Dann hat er kurz gewartet, ob ich noch was für ihn habe. Auf einmal fing er an zu zittern, hat mich noch einmal kurz angeguckt, und das war's dann!"

„Dann kannst du ja froh sein, dass es nicht so gelaufen ist, wie geplant. Ich glaube, dem alten gelben Sack sollten wir eine schöne Retourkutsche verpassen!"

„An was denkst du?"

„Hattest du nicht gesagt, dass Ho eine Villa mit allen drum und dran hat, sogar mit Swimmingpool und Wasserrutsche?"

„Pool ist untertrieben. Der hat eine richtige 25-Meter-Bahn."

„Und die Rutsche?"

„Die Rutsche ist mindestens 20 Meter lang. Sie geht von einem Podest neben dem Pool aus um einige Ecken herum abwärts und endet in einem kleineren Becken neben der Einfahrt."

„Ist das kleinere Becken vom Pool aus zu sehen?"

„Ich glaube nicht."

„Dann sollten wir aufpassen, ob der gute Herr Ho vielleicht mal eine große Party feiert. Wie alt schätzt du ihn?"

„Schwer zu sagen, aber er könnte Ende Fünfzig sein."

„Wusstest du, dass die Chinesen eigentlich kaum mal Geburtstag feiern, bevor sie sechzig werden? Den Sechzigsten feiern sie dann aber mit allem, was dazu gehört! Vielleicht haben wir ja Glück, und es ist bald so weit."

„Und dann willst du ihm die Party mal so richtig verderben?"

„Wär' doch was, oder? Hattest du nicht gesagt, dass eine junge Frau aus Scapezzano bei Ho ab und zu putzen geht?"

„Hatte ich das gesagt? Kann sein. Ich könnte sie mal interviewen."

Während Danielo überlegte, ob ihm noch jemand einfiel, der für sie gefährlich werden könnte, hatte Ricardo noch eine kleine Überraschung für ihn parat:

„Weißt du eigentlich, dass deine Villa noch nicht verkauft worden ist?"

„Nein! Will der Makler etwa zu viel Geld dafür?"

„Das vielleicht auch. Aber ich habe dafür gesorgt, dass die Villa eigentlich unverkäuflich ist!"

Danielo war überrascht.

„Du hast dafür gesorgt, dass die Villa eigentlich unverkäuflich ist? Das musst du mir erklären!"

4

Ricardo begann seine Erklärung:

„Ich muss dir zuerst etwas erzählen, was schon länger her ist. Ich bin kurz nach dem Vorfall im Bunker mit dem Schreiben von Ho zu Herrn Leguleio gegangen, weil ich wissen wollte, ob für mich noch etwas zu holen ist. Er hat sich das Schreiben genau angesehen und lange nachgedacht. Er hat mich zwischendurch immer wieder angeschaut, aber nichts gesagt; ich sah, dass es in seinem Gehirn brodelte. Dann hat er mich gefragt, ob ich Zeit hätte, mit ihm einen kleinen Spaziergang zu machen. Irgendwohin, wo wir ganz unter uns sind.“

„Hört sich spannend an. Was wollte er denn von dir?“

„Nun, erstmal wollte er wohl ganz sicher sein, dass wir ein echtes Vieraugengespräch führen, also dass uns auf keinen Fall jemand belauscht. Wir sind zum Misa gegangen, weit in Richtung Süden. Er hat dort noch einmal in alle Richtungen geschaut, dann hat er mir eine interessante Geschichte erzählt.“

„Leg los!“

„Hat dir dein Stiefvater erzählt, wo und was er arbeitet?“

„Nein. Er hat sich immer ziemlich bedeckt gehalten, wenn es um seine Arbeit ging, und auch meine Mama hat mir nichts dazu gesagt. Darüber habe ich mir aber nie große Gedanken gemacht.“

„Er hätte dir wahrscheinlich auch nichts erzählt, wenn du ihn danach gefragt hättest.“

„Wieso?“

„Leguleio wusste es wohl auch nicht ganz genau, aber schon, dass es etwas sehr Besonderes war. Deshalb hat er auch so lange gezögert. Dann hat er mir einen Brief von deinem Stiefvater überreicht. Er sollte dir den Brief erst geben, wenn ihr die neue Maschine fertig habt, oder wenn ihm etwas passiert.“

„Warum das?“

„Dein Stiefvater meinte, dass du zuerst ein wenig Erfahrung in dem Labor sammeln solltest, in das er dich geschickt hat.“

„Dann verstehe ich jetzt auch, weshalb er unbedingt wollte,

dass ich den Job annehme. Ich hatte zwar keine große Lust auf diesen Job, aber nur, weil ich mich fremdbestimmt fühlte. Das Gefühl hatte ich in dem Kinderheim so oft, dass ich darauf keinen großen Bock mehr hatte. Aber ich hatte ihm so viel zu verdanken, dass ich doch nachgegeben habe."

„Als Leguleio erfahren hatte, dass du in dem Labor umgekommen bist, hat er den Brief selber geöffnet. Er kannte deinen Stiefvater sehr gut, deshalb hat er vermutet, dass der Inhalt brisant ist. Aber er konnte nicht viel mit dem anfangen, was in dem Brief stand. Ich bin mal gespannt, was du dazu sagst."

„Hast du den Brief dabei?"

„Nein, aber es standen nur zwei Sätze drin. Die kann ich dir auch so sagen."

„Sprich!"

„Hab immer ein Auge auf dein Lieblingstier. Es hat etwas in sich."

Danielo war erstaunt.

„Mehr nicht?"

„Nein! Und weil ich dieses große Plüschzebra in deinem Wohnzimmer gesehen hatte, war mir eigentlich klar, was er meinte. Nun hattest du die Villa aber schon an die 'casa onorata' verkauft. Ich vermute, dass er in dem Zebra etwas versteckt hat, das keiner außer dir finden sollte. Deshalb habe ich auch alles dafür getan, um zu verhindern, dass sie weiterverkauft wird."

„Und wie hast du das angestellt?"

„Hast du dir schon einmal Gedanken darüber gemacht, was mit deinem Smartphone passiert ist, als ich deine Rolle übernommen habe?"

„Nein! Ich hatte nur realisiert, dass es weg ist und mir ein neues organisiert, als ich in Deutschland war. Aber wenn einer das Gerät hat, kann er damit eine Menge Unsinn machen. Schließlich war die komplette Steuerung meines Hauses damit möglich!"

„Kennst du das hier?", fragte Ricardo und zeigte seinem Bruder ein Smartphone.

„Das sieht aus wie meins“, sagte Danielo. „Hast du schon aus-
probiert, was das Gerät kann?“

„Ob das, was ich bisher damit gemacht habe, alles war, weiß ich
nicht. Aber es hat mir sehr geholfen! Ich hatte doch von Ho
einen Token[1] bekommen, mit dem ich in das Haus kam. Weil wir
die gleiche Konfektionsgröße haben, habe ich mir Wäsche von
dir geholt, eh der Makler alles vernichtet. Ansonsten habe ich
alles so gelassen, wie es war. Der Makler hat dann die restliche
Kleidung abgeholt. Ich glaube aber nicht, dass er sie einer
Hilfsorganisation gegeben hat. Er hat sie sicher noch verkauft!“

„Das hätte ich an seiner Stelle auch gemacht; das waren
schließlich nur teure Sachen!“

„Ansonsten hat er die Räume so hergerichtet, dass das Haus
wie eine Ferienwohnung war. Das Plüschzebra hat er glücklicherweise auch stehen lassen, wo es war. Interessenten hat er
angeboten, ein oder zwei Tage Probe zu wohnen. Er hat natürlich immer auch die tolle Spielzeugrennbahn erwähnt und den
Leuten gesagt, dass sie damit gerne spielen dürfen!“

Danielo lachte.

„Meine Rundenzeiten hat aber sicher keiner hinbekommen!
Oder hat sich auch Giancarlo Fisichella für das Haus
interessiert?“

Ricardo lachte.

„Wohl nicht! Jedenfalls bin ich in der Umgebung ein paar Mal
herumspaziert. Mir war aufgefallen, dass eine alte Frau, die oft
auf einer Bank neben dem Fußballplatz saß, alle Leute
begutachtete, die sich das Haus ansahen. Ich habe sie dann
einmal angesprochen:

> „Ist mit dem Haus da drüben etwas nicht in Ordnung?“
> „Das können Sie laut sagen!“, sagte sie. „Da spukt es! Das
> ist ein Geisterhaus! Seitdem der Besitzer bei dem Unglück
> in Senigallia bei Leib und Seele verbrannt ist, treibt sein
> Geist in dem Haus um!“

---

[1]   Ein wie eine Spielmarke aussehender Gegenstand, auf dem ein Zugangscode gespeichert ist

„Wie meinen Sie das?"

„Da gehen immer mal wieder die Lichter an und aus, auch nachts, und ich höre immer wieder seltsame Geräusche von da drüben!"

Die Alte war so davon überzeugt, dass es in dem Haus spukte, dass sie die Leute, die das Haus besichtigen wollten, vor dem Geist warnte. Das hat dem Makler natürlich gar nicht gefallen und er hat ein paar Mal versucht, sie zu vertreiben, aber sie war immer wieder da."

Danielo lachte wieder.

„Und dann hast du dir gedacht, ihr zu helfen und dem netten Makler das Geschäft zu verderben!"

„Zum einen das, aber ich wollte den Verkauf auch wegen des Zebrageheimnisses verhindern. Dem Makler habe ich eh nur noch Pest und Cholera gewünscht! Dann habe ich in deinem Haus noch eine interessante Entdeckung gemacht!"

„Hast du etwa den versteckten Raum und den geheimen Eingang gefunden?"

„Genau! Ich muss schon sagen, das war genial gemacht. Wenn ich nicht auf die Idee gekommen wäre, im Heizungsraum die Wände abzuklopfen, hätte ich es nie bemerkt!"

Ricardo machte eine kurze Pause und nahm noch einen Schluck aus seinem Glas.

„Ich hatte schon geahnt, dass es neben der großen Garage einen versteckten Raum gab, in dem du wohl an der Maschine gearbeitet hast und in dem der Tresor war. Das war mir aufgefallen, als ich den Grundriss oben mit dem Grundriss unten verglichen habe. Dass aber in der Ecke hinter dem Heizungsraum noch der Gang war, damit hatte ich nicht gerechnet und deshalb zuerst auch nicht danach gesucht. Aber warum gab es den geheimen Ausgang?"

„Das war eine spontane verrückte Idee, die ich hatte, als ich die Erdwärmeheizung eingebaut habe. In der hinteren Ecke unter der Einfahrt war die große Grube mit dem Wärmetauscher; deshalb hatten die Arbeiter einen Tunnel unter der Betondecke bis zur Grundstücksgrenze angelegt, durch die die Leitungen zum Heizungsraum verliefen. Über dem Eingang hatten sie eine kleine Hütte gebaut, über die man an die Leitung kommen konnte, falls einmal etwas undicht werden sollte, ohne ins Haus zu müssen."

„Das heißt, bis an den Heizungsraum gab es einen unterirdischen Gang. Du brauchtest also nur noch eine Tür im Heizungsraum zu verstecken und konntest unbemerkt ins Haus kommen oder weggehen!"

„Genau!"

Ricardo lachte.

„Und ich konnte unbemerkt ins Haus, um den 'Geist des Danielo' zu spielen. Das hat übrigens richtig Spaß gemacht!"

„Das kann ich mir denken! Hast du dann auch die versteckten Kameras entdeckt?"

„Klar", sagte Ricardo. „Ich konnte doch über eine App auf deinem Smartphone die Bilder von den Kameras sehen. Aber die Kameras hattest du doch nur in der Garage, im Wohnzimmer und in deinem Spielzimmer. Oder habe ich etwas übersehen?"

„Es gab noch eine Kamera in der Küche; aber die war inzwischen defekt, so dass ich sie aus dem Programm genommen hatte. Ich wollte sie eigentlich reparieren, bin aber nicht dazu gekommen."

„Die Kamera im Wohnzimmer habe ich lange gesucht! Es war mir zwar schnell klar, dass sie im Zebra versteckt war, aber dass sie im Auge war! Das war so nahe liegend, dass ich erst einmal nicht darauf gekommen bin!"

Danielo freute sich, dass seine Ideen auch seinem Bruder gefielen.

„Und was hast du als Geist alles angestellt?", wollte er wissen.

5

„Ein Paar habe ich mit der Autorennbahn so erschreckt, dass sie keine Lust mehr auf das Haus hatten."

Michele und Carla Pauroso waren nach Sant'Angelo zu der Villa gefahren und hatten sich dort mit Strozzino, dem Makler von der 'casa onorata', getroffen.

400.000 Euro sollte das Objekt kosten, was angesichts der Lage in dem etwas abgelegenen Stadtteil viel erschien. Strozzino erklärte ihnen aber, dass der Preis gerechtfertigt sei, weil das Haus mit neuester Technik ausgestattet sei, und sogar eine Heizungsanlage mit Erdwärme habe. Auch die schöne Aussicht hatte er erwähnt, und dass man sogar bis ans Meer schauen konnte. Weil die beiden noch sehr zögerlich schienen, bot der Makler ihnen an, ein paar Tage in dem Haus zur Probe zu wohnen.

„Spukt es hier denn wirklich?", hatte Carla gefragt.

„Wer erzählt denn so etwas?"

„Na, die alte Frau, die auf der Bank am Fußballplatz sitzt."

„Glauben Sie der kein Wort! Die Alte ist schon ziemlich senil. Die erzählt nur Unfug!", hatte Strozzino geantwortet.

Ricardo hatte auf der App gesehen, dass jemand im Haus war und sich nach Feierabend auf den Weg nach Sant'Angelo gemacht.

Er parkte seinen Fiat auf der Hauptstraße und wartete, bis es dunkel wurde.

Kurz darauf hatte er im Geheimraum Platz genommen.

Michele und Carla hatten ein paar Runden auf der Rennbahn gedreht und waren dann ins Wohnzimmer gegangen, um einen Film anzuschauen, den sie im Regal gefunden hatten.

Ricardo hatte alles im Blick:

Auf der Burg in der Mitte der Anlage war eine 360-Grad-Kamera angebracht, über die man beim Fahren auf einem

Monitor sehen konnte, wie die Wagen um die Strecke sausten. Genau die gleichen Bilder konnte er im Geheimraum sehen. Und man konnte sogar von hier aus spielen.

Die beiden Ferraris standen auf der Start-und-Ziel-Geraden. Ricardo stellte die Weichen um und ließ die Wagen eine Runde fahren, um sie dann in der Boxengasse zu parken. Danach machte er noch ein wenig Lärm in der Garage, indem er einen Schraubenschlüssel vom Regal auf den Boden fallen ließ.
„Hast du das gehört?", fragte Carla.
„Ja", sagte Michele.
„Das hörte sich an, als wenn im Keller ein Werkzeug auf die Erde gefallen wäre. Ich gehe mal nachgucken."
Als er in die Garage kam, sah er den Schraubenschlüssel auf der Erde. Er schaute ins Regal und sah, dass dort in einem Halter ein Teil fehlte. Er nahm den Schraubenschlüssel und hängte ihn an seinem Platz auf.
„Da war nur ein Schraubenschlüssel heruntergefallen", sagte er, als er wieder im Wohnzimmer war.
Sie schauten weiter den Film an.
„Hörst du das?", fragte ihn Carla plötzlich.
„Das hört sich an, als wenn oben einer herumgeht!"
Michele stellte den Fernseher auf lautlos und horchte.
„Da! Wieder!"
Carla schaute ihren Mann an.
„Das hört sich wirklich so an, als wenn oben einer herumläuft!"
„Ich gehe mal schauen!", sagte Michele.
Die Lautsprecher im Hobbyraum waren so angebracht, dass der Raumklang perfekt war. Das hatte Ricardo ausgenutzt und einen Soundtrack abgespielt. Davon gab es einige auf dem PC. Man konnte sogar einen Zug durch den Raum fahren lassen; natürlich nur akustisch.
Als Michele die Treppe heraufkam, ging er sofort zum Hobbyraum und öffnete die Tür. Niemand war zu sehen.

Er ging hinein und bemerkte einen Unterschied an der Rennstrecke:

Die Autos waren jetzt in der Boxengasse geparkt!

„Carla, komm mal!", rief Michele von der Treppe aus hinunter.

Als sie bei ihm war, zeigte er auf die Autos.

„Ich bin mir ziemlich sicher, dass wir die Autos auf der Start-und-Ziel-Geraden abgestellt hatten.

Aber jetzt stehen sie in der Boxengasse!"

Sie schauten sich noch einmal um, aber nirgendwo war jemand zu sehen. Selbst unter die Bahn schauten sie.

Sie gingen wieder nach unten, sahen sich den Film noch bis zum Ende an und gingen dann ins Bett. Es dauerte lange, bis sie eingeschlafen waren.

Sie schliefen ziemlich unruhig und fühlten sich noch ziemlich schwach, als sie am Morgen in der Küche saßen und frühstückten.

Carla hatte im Halbschlaf noch einmal gemeint, Schritte zu hören, sich aber herumgedreht und weiter geschlafen.

„Ich gehe noch einmal in den Hobbyraum mit den Autos fahren", sagte sie, als sie ihr Müsli aufgegessen hatte.

„Kommst du mit?"

„Gleich", sagte Michele, „ich will noch eine Scheibe Brot essen! Aber ich komme auch gleich!"

Carla ging in den Hobbyraum und staunte: Die Ferraris standen wieder auf der Start-und-Ziel-Geraden und in der Boxengasse standen jetzt zwei Mercedes. Michele kam herein.

„Siehst du das?", fragte sie.

„Ich fange an, der Alten die Gespenstergeschichte zu glauben!"

Sie packten ihre Sachen wieder ein, fuhren nach Senigallia und gaben den Schlüssel im Maklerbüro ab.

„Wollen Sie nicht noch einmal mit Herrn Strozzino sprechen?", fragte die junge Assistentin. „Er muss jeden Moment kommen!"

„Nein, danke", sagte Michele. „Wir haben es uns anders überlegt."

Auf der Heimfahrt sagte Carla zu ihm:

„Also mal abgesehen davon, dass ich den Preis für das Haus viel zu hoch finde. Aber das mit dem Spuken - vielleicht ist da ja doch was dran."

„Ich denke auch, dass wir uns lieber etwas anderes suchen sollten!"

Damit war das Thema für die beiden erst einmal vom Tisch.

Danielo hatte während Ricardos Bericht mehrfach laut gelacht.

„Das war für dich doch sicher ein Riesenspaß! Mal einen richtigen Geist spielen, und nicht nur den 'Hausgeist' wie im Hotel!"

Auch Ricardo fand seine Aktionen im Nachhinein immer noch spitze.

„Aber die nächsten Interessenten waren auch nicht besser dran!"

Ein etwas älteres Paar hatte Interesse an dem Haus und war mit Strozzino nach Sant'Angelo gefahren. Die alte Frau war nicht zu sehen.

,Gott sein Dank nicht', dachte der Makler.

Die Autorennbahn interessierte die beiden weniger, aber die Motorräder in der Garage fanden sie interessant.

„So eine Maschine habe ich auch zu Hause", sagte der Mann, der Matteo hieß, und zeigte auf die Straßenmaschine.

„Ein richtig schönes Modell, aber die ist eigentlich zu neu, um mit Spaß daran herum zu schrauben. Da ist die Enduro schon besser!"

Sie sahen sich alle Räume an und nahmen das Angebot des Maklers an, eine Nacht im Haus zu bleiben, wie man ihnen schon angeboten hatte, als sie den Besichtigungstermin vereinbart hatten.

Der Makler verabschiedete sich bei den Leuten und sagte noch: „Dann bis morgen, Signor Avvitaro. Ach, eh' ich es vergesse:
Hier treibt sich eine alte Frau herum, die den Leuten erzählt, dass es in diesem Haus spukt. Angeblich treibt der Geist des ehemaligen Besitzers hier sein Unwesen!"
„Das hört sich ja spannend an!", sagte der Mann.
„Wir haben keine Angst vor den Toten!", sagte Marie, seine Frau. „Eher muss man Angst vor den Lebenden haben!"

„Was fangen wir denn heute noch an?", fragte Matteo.
„Ich habe auf der Fahrt kurz hinter der Autobahn eine Pizzeria gesehen", sagte Marie. „Lass uns die paar Meter zurückfahren, jedem eine Pizza holen, und dann können wir uns hier einen gemütlichen Abend machen. In der Küche steht ein guter Roter; den dürfen wir uns nehmen, hat der Makler gesagt!"
„Gute Idee", sagte er.
Als sie nach dem Essen im Wohnzimmer saßen und den Abend ausklingen ließen, meinte er:
„Ob die Motorräder im Preis inbegriffen sind? 400.000 Euro sind ja ein stolzer Preis für das Haus!"
„Darauf sollten wir bestehen", meinte sie.

Es war schon gegen Mitternacht, als Matteo aufwachte. Er brauchte ein paar Sekunden, bis er sich sicher war, dass er nicht träumte, aber dann war er hellwach. Aus der Garage hörte er ein Geräusch, das nur ein laufender Motor sein konnte. Er setzte sich auf und schubste seine Frau kurz an, die auch schon unruhig geworden war.
„Was ist los?", fragte sie.
„Hör doch mal!", sagte er. „Das hört sich so an, als wenn in der Garage eines der Motorräder laufen würde!"
„Das kann aber doch nicht sein", meinte sie. „Da kann doch keiner rein!"

„Ich ziehe mir etwas über und gehe nachsehen", sagte er.
Als er die Treppe bis zum Parterre hinunter gegangen war, war das Geräusch verstummt. Er ging trotzdem weiter nach unten bis in die Garage. Beide Motorräder standen an ihren Plätzen. Es war niemand zu sehen, aber der Geruch von Abgas war unverkennbar. Matteo schaltete die Deckenbeleuchtung an, schaute in alle Richtungen und ging zu den Maschinen. Er hielt zuerst die Hand an den Auspuff der Enduro: kalt. Dann hielt er die Hand an den Auspuff der Straßenmaschine: der war tatsächlich warm!
Matteo ging bis an das Garagentor, aber das war genauso fest verschlossen wie vorher, als sie mit dem Makler hier unten gewesen waren.
,Das wollen wir doch mal sehen', dachte er sich, nahm einen Schraubenschlüssel und stellte ihn von innen gegen das Tor.
An der Tür zum Treppenhaus brachte er ein kleines Stückchen Klebeband an, das abgehen musste, wenn jemand die Tür öffnete.
,Wenn da einer ist und uns einen Streich spielen will, dann krieg' ich das raus!'
Er schaute sich noch einmal alles genau an. Außer dem großen Garagentor und der Tür, durch die er eben in die Garage gegangen war, gab es offensichtlich keinen weiteren Zugang.
Als er wieder im Bett lag, sagte er zu Marie:
„Wenn einer außer uns und dem Makler einen Schlüssel hat, dann werde ich das merken. Ich habe Fallen aufgestellt!"
Eine halbe Stunde später waren sie beide wieder eingeschlafen.

Als es langsam hell wurde, schreckte Matteo auf:
„Marie!", rief er. „Da sind die Geräusche wieder!"
Sie machte die Augen auf und sagte: „Was ist?"
„Die Geräusche aus der Garage sind wieder da!"

Er zog schnell den Morgenmantel über, lief die Treppe hinunter und direkt weiter bis in die Garage. Er schaltete das Licht an - es war wieder niemand zu sehen!
Dann hörte er Schritte auf der Treppe.
Er nahm einen großen Schraubenschlüssel von der Wand und nahm eine Abwehrhaltung an. Die Tür zum Treppenhaus ging auf.
Es war seine Frau, die hereinkam.
„Was ist los?", fragte Marie.
„Riech mal", sagte er. „Das sind doch eindeutig Abgase!"
Er ging zur Enduro und hielt einen Finger an den Auspuff.
„Warm!", sagte er.
„Gestern Abend war es die Straßenmaschine, jetzt ist die Enduro warm!"
Er ging zum Garagentor. Der Schraubenschlüssel stand noch an der gleichen Stelle, wo er ihn hin getan hatte. Das Klebeband war auch noch so an der Tür gewesen, wie er es angebracht hatte.
„Also, von draußen kann keiner hier rein gekommen sein", sagte er, „sonst wäre der Schlüssel umgefallen, und außerdem hätte ihn niemand wieder so hinstellen können, wenn er nicht hier drin gewesen wäre! Und das Klebeband war auch noch am Platz!"
Marie zitterte.
„Ob an der Gespenstergeschichte doch was dran ist?"
„Tut mir leid, aber an Gespenster glaube ich erst, wenn ich sie vor Augen habe", sagte er.
Sie gingen den Raum noch einmal von links nach rechts und von vorne nach hinten ab, aber es war niemand da.

Plötzlich hörten sie eine gespenstisch klingende Stimme.
„Haut ab, das ist mein Haus und ich mache hier, was ich will!"
„Wo kam das jetzt her?", fragte Marie ängstlich.
„Keine Ahnung", sagte Matteo.
„Ich sitze auf der Enduro", sagte die Stimme.

Matteo lief zu dem Motorrad und schlug mit der flachen Hand quer durch die Luft, als wolle er einem imaginären Fahrer eine Ohrfeige verpassen.

Einen Moment war es so still, dass man eine Nähnadel hätte fallen hören.

„Das solltest du nicht machen“, sagte dann die Stimme in einem verärgert klingenden Tonfall. „Meinst du, das tut nicht weh?“

„Das kam jetzt aus der Ecke hinten!“, sagte Marie zitternd.

„Lass uns schnell hochgehen, unsere Sachen packen und dann nichts wir weg hier! Wer weiß, was dieser Geist noch so alles drauf hat! Ich habe keine Lust, sein Opfer zu werden!“

Matteo war einverstanden und die beiden verließen fluchtartig den Raum.

Marie meinte noch gehört zu haben, dass ihnen jemand etwas hinterher gerufen habe.

Als sie aus dem Haus kamen, war die Sonne schon aufgegangen.

Eine alte Frau kam ihnen von der Hauptstraße aus entgegen.

„Und, haben Sie den Geist von Danielo Spettro gesehen?“, fragte sie.

„Gesehen nicht, aber gehört haben wir ihn!“, sagte Matteo.

„Er hat mit den Motorrädern gespielt und uns gedroht!“

„Ich sage doch immer allen, die sich in das Haus trauen, dass da ein Geist haust!“, sagte sie. „Aber mir glaubt ja keiner!“

„Ich jetzt schon“, sagte Marie.

Der Makler war noch nicht im Büro, aber die Assistentin versprach ihnen, ihm Bescheid zu sagen, dass sie kein Interesse mehr an dem Haus hätten.

„Sagen Sie ihm auch, dass er das Haus lieber nicht verkaufen sollte. Da spukt es wirklich! Und wer weiß, ob der Geist immer nur spukt oder ob er nicht auch irgendwann jemanden umbringt!“

Danielo war begeistert.

„Wie hast du das mit der Stimme gemacht?", fragte er.

„Ich habe an ein paar Stellen Lautsprecher versteckt, ganz moderne winzige Dinger, mit Bluetooth. So konnte ich direkt über das Mikro im Smartphone sprechen."

Dann sagte er mit dunkel verstellter Stimme: „Und Geisterstimme kann ich auch!"

„Stark!", sagte Danielo.

„Der Makler hat seine Verkaufsabsichten dann erst einmal in die Schublade gelegt", sagte Ricardo.

„Das heißt, meine Villa ist immer noch nicht verkauft?"

„Richtig."

„Dann solltest du sie schnellstmöglich von dem Makler zurück kaufen. Ich denke, dass mein Pa in dem Zebra brisante Dokumente versteckt hat, und ich halte es für möglich, dass man ihn wegen dieser Geschichte umgebracht hat! Zum anderen könnten wir die Villa als 'Operationsbasis' nutzen!"

„Was meinst du damit?"

„Es gibt doch ein paar Leute, mit denen wir noch die eine oder andere Rechnung offen haben. Ich mache so schnell wie möglich die nötigen Scheine und dann kaufst du das Haus zurück!"

„O.K.! Dann fang mal an zu drucken!"

„Das wird aber ein paar Tage dauern. Wenn ich fertig bin, komme ich vorbei", sagte Danielo.

6

Ricardo war nach Sant'Angelo gefahren. Weil der Makler den Code für das Zahlenschloss am Eingang noch nicht geändert hatte, konnte er unbemerkt ins Haus kommen.

Auf der Couch im Wohnzimmer saß ein Mann mit Bart in südtiroler Tracht.

„Starke Verkleidung", sagte Ricardo. „Wenn ich nicht geahnt hätte, dass du das bist, hätte ich dich nicht erkannt!"

„Das war ja auch der Sinn bei der Sache", sagte Danielo.

Ricardo hatte den Brief von Danielos Stiefvater mitgebracht.

„Es steht genau das drin, was du mir gesagt hast", sagte Danielo, als er ihn gelesen hatte.

„Inzwischen habe ich mir Gedanken gemacht, was er meinte. Als ich in das Zebra die Kamera eingebaut habe, ist mir nichts aufgefallen. Ich habe aber auch nur den Kopf aufgemacht, um die Kamera einzubauen und ein Kabel anzuschließen, das zur Steckdose geht. Es ist unter dem Läufer verlegt, so dass es nur auffällt, wenn man sich hinter dem Zebra auf die Erde legt."

„Das heißt, dein Stiefvater hat irgendwo im Körper des Zebras etwas versteckt. Ich schaue mal nach", sagte Ricardo, ging zu dem Zebra und tastete es ab.

„Ich kann nichts finden", sagte er dann.

Danielo stand jetzt auch auf, ging an das Zebra und schaute es sich genau an. Als er die Füße untersuchte fand er das, wonach er suchte.

„Schau hier", sagte er. „Der linke Vorderhuf lässt sich drehen!" Er drehte den Fuß eine Vierteldrehung nach rechts, und als er dann an dem Fuß zog, hatte er ihn in der Hand.

„Interessanter Verschlussmechanismus!", sagte Ricardo.

Danielo hatte derweil in den Fuß geschaut.

„Ein USB-Stick und ein Zettel mit einem Code!"

Ricardo überlegte nicht lange.

„Also ran an den Computer!"

„Lass uns unten in den Geheimraum gehen. Da müsste noch der PC stehen, über den du deine Geisteraktivitäten veranstaltet hast. Oder meinst du, der Makler hat inzwischen noch einmal nachgesehen und den Raum entdeckt?"

„Mit Sicherheit nicht", sagte Ricardo. „Ich habe auf deinem alten Smartphone einen Alarm aktiviert, der sich sofort meldet, wenn jemand ins Haus geht."

„Clever", sagte Danielo. „Und wenn einer über den Geheimgang reingeht?"

„Geht nicht! Ich habe an dem Häuschen, in dem der Eingang ist, ein neues Schloss angebracht. Der Makler hat davon noch nichts mitbekommen."

„Dann lass uns runter gehen und schauen, was auf dem USB-Stick ist."

Ein paar Minuten später saßen sie vor dem Schreibtisch, und Danielo hatte sich auf seinem alten PC eingeloggt.

„Gut, dass ich das Passwort noch kenne und du es nicht verändert hast!", sagte er lächelnd.

„Und dass ich das Passwort so schnell erraten habe", sagte Ricardo. „Sonst wäre das mit dem Geist nicht möglich gewesen!"

Danielo steckte den USB-Stick in den PC und öffnete den Dateimanager.

»Passwort eingeben«, meldete der PC.

„Der Stick ist passwortgeschützt!", sagte Danielo. „Das wollen wir doch mal sehen!"

Er tippte den Code ein, der auf dem Zettel stand.

»Falsches Passwort«, meldete der PC. »Sie haben noch zwei Versuche«

„Ich habe doch genau das eingegeben, was auf den Zettel steht", sagte Danielo verwundert.

„Lass dir mal den Passworthinweis anzeigen", sagte Ricardo. „Vielleicht muss man eine bestimmte Folge bei der Groß- und Kleinschreibung einhalten!"

„O.K.", sagte Danielo und lies sich den Passworthinweis anzeigen.

»ANNANANANN«, zeigte der PC an.

„Das hilft uns aber auch nicht weiter, oder?", fragte Ricardo.

Danielo überlegte und überlegte und überlegte.

Dann hatte er die Lösung gefunden.

„Doch", sagte er. „Mein Pa wollte es dem Finder des Sticks nicht zu einfach machen, glaube ich. Pass auf:

In der Mathematik benutzt man das 'A' als Platzhalter für alphanumerische Zeichen, also vorwiegend für Buchstaben, und das 'N' für numerische Zeichen, also für Zahlen. Hier auf dem Zettel steht 'WnnBnnCnInn'. Wenn ich das mit dem Passwort-hinweis vergleiche ist klar, was gemeint ist."

Ricardo konnte den Gedanken seines Bruders nicht folgen, wartete aber gespannt auf das, was jetzt kommen würde.

„Das 'W', das 'B', das 'C' und das 'I' stehen für die 'A' im Hinweis, also für Buchstaben. Die 'n' dazwischen bedeuten Zahlen."

„Schön", sagte Ricardo. „Aber mir ist immer noch nicht klar, welche Zahlen damit gemeint sind!"

„Kannst du auch nicht wissen", sagte Danielo. „Mein Pa war zwar Physiker, aber er hatte auch viel mit Chemie zu tun. Und genau das ist der Schlüssel!"

„Ich höre!"

„'W' ist das chemische Zeichen für Wolfram, und das hat im Periodensystem die Ordnungszahl 74. Dementsprechend steht das 'B' für Bor mit der 5, 'C' für Kohlenstoff mit der 6 und 'I' für Jod mit der 53. Das stimmt auch mit der Anzahl der 'n' zwischen den Buchstaben überein!"

Danielo hatte während seiner Erklärung die Zeichen auf den Zettel geschrieben.

»W74B5C6I53« stand jetzt dort.

Ricardo sah still zu und staunte.

Danielo tippte die Zeichen ein und der Verzeichnisbaum wurde angezeigt.

„WOW", sagte Ricardo. „Das nenne ich mal einen Volltreffer!"

Sie sahen dann, dass die Verzeichnisse Kürzel für Datumswerte waren, dazu gab es noch ein Textdokument mit dem Titel 'Danielo'.

„Jetzt bin ich aber mal gespannt, was dein Pa dir geschrieben hat", sagte Ricardo.

Danielo las den Text laut vor.

„Lieber Danielo!
Du weißt sicher, dass ich in Mailand an der Uni Physik gelehrt habe. Das war aber nur ein Teil meiner Tätigkeit. Viel wichtiger war meine Arbeit in einem Forschungslabor. Dort habe ich zusammen mit anderen Wissenschaftlern an der künstlichen Herstellung von organischem Material gearbeitet. Nicht 'züchten' von Organismen, sondern 'herstellen'.
Wir sind inzwischen so weit, dass wir theoretisch ganze Organe künstlich herstellen könnten. Was noch fehlt ist eine Maschine, die unsere Theorien in die Realität umsetzt. An dieser Maschine arbeitet ihr in eurem Labor. Deshalb wollte ich auch unbedingt, dass du in diesem Labor arbeitest.
Wenn ihr soweit seid, dann können wir loslegen.
Leider haben 'dunkle Mächte' von unserer Tätigkeit erfahren und werden versuchen, uns zu stoppen. Der illegale Handel mit Spenderorganen bringt diesen Leuten Unsummen an Geld. Und du weißt, dass sie gnadenlos agieren, wenn es darum geht, ihre Reviere zu verteidigen.
Ich habe deshalb in den letzten Jahren alle wichtigen Dokumente, die unsere Arbeit betreffen, digitalisiert und auf dem USB-Stick gespeichert.
Wenn mir oder den Anderen etwas zustößt, dann sollst du dir Mitstreiter suchen und unser Projekt, das 'Projekt Duplo', fortführen.
Ich hoffe, dass es nicht so weit kommt, sondern dass ich dir in absehbarer Zeit die Ergebnisse unserer Arbeit prä-sentieren kann. Wenn nicht, dann setze ich voll auf dich!"

Erst einmal herrschte Schweigen.
Nach ein paar Minuten sagte Ricardo:
„Harter Tobak!"
Danielo sagte noch nichts.

Ricardo dachte schon weiter, ließ seinem Bruder aber noch etwas Zeit, bis er ihn wieder ansprach.

„Kann es sein, dass deine Stiefeltern nicht bei einem tragischen Unfall ums Leben gekommen sind, sondern dass sie umgebracht wurden, um die Arbeit an dem Projekt zu stoppen?"

„Das habe ich gerade auch überlegt."

„Wie ist der Unfall damals passiert?"

„Sie waren auf einer Schnellstraße unterwegs. Ein Lastwagen ist in den Gegenverkehr geraten und hat sie im wahrsten Sinne des Wortes platt gemacht. Dann ist der Fahrer geflüchtet; man hat ihn nie erwischt. Nachher stellte sich heraus, dass der LKW gestohlen war."

„Das würde zur Vorgehensweise dieser Leute passen. Ist das Projekt danach fortgesetzt worden?"

„Nein, denn er war nicht der Einzige, dem etwas passiert ist. Ein anderer Physiker ist die Treppe runter gefallen und hat sich das Genick gebrochen; ein Biologe, der an dem Projekt mitgearbeitet hat, ist kurz danach auf dem Heimweg spurlos verschwunden. Man weiß bis heute nicht, wo er abgeblieben ist. Die restlichen Teammitglieder haben sich dann lieber neue Jobs gesucht!"

„Kann ich verstehen!", sagte Ricardo.

„Es gab aber noch einen Zwischenfall, der mir ziemlich nahe gegangen ist. Die Frau eines Ex-Kollegen hat sich das Leben genommen. Erzähl' ich dir später mal!"

„O.K.", sagte Ricardo. „Lass uns jetzt zu mir nach Scapezzano fahren. Ich habe Wein für dich organisiert, und du willst mir sicher das Geld für die Villa geben."

Während Danielo in Deutschland gewohnt hatte, war es für ihn schwierig gewesen, an seine Lieblingsweine aus der Heimat zu gelangen.

Nun saßen sie in Ricardos kleinem Haus.

Ricardo zeigte seinem Bruder drei Kartons Wein, die im Flur standen.

„Macht 400.090 Mäuse!", sagte er.

Danielo schaute verwundert.

„Ist doch klar!", sagte Ricardo grinsend. „400.000 für die Villa, und 90 für den Wein!"

„O.K.", sagte Danielo, nahm sein Portemonnaie aus der Tasche und gab ihm 90 Euro.

„Und der Rest?"

„Kommt gleich", sagte Danielo und zog seine schicke Jacke aus. Er drehte sie auf links und öffnete einen Reißverschluss an der Rückseite. Dort holte er einen großen Umschlag heraus und legte ihn auf den Tisch.

Ricardo nahm den Umschlag und öffnete ihn. Er nahm eins der Bündel heraus, die in dem Umschlag waren.

„Lauter Fünfhunderter!", sagte er. „Muss ich nachzählen?"

„Eigentlich nicht", sagte Danielo. „Du brauchst nur die Nummer vom ersten und letzten Schein zu nehmen, dann kannst du ausrechnen, wie viele es sind."

„Und wenn du einen raus genommen hast?", scherzte Ricardo. „Wieso hast du die Scheine in der Jacke versteckt?"

„Ganz einfach", sagte Danielo. „Ich bin doch mit der Eisenbahn gekommen. Zuerst mit der Rhätischen Bahn von Brusio nach Tirano, dann weiter mit der Trenitalia nach Senigallia. Das hat zwar einen halben Tag gedauert, aber es ist auch bequem. Vor allem wirst du im Zug anders kontrolliert als auf der Straße. Meinen Koffer haben sie durchsucht, aber die Jacke nicht."

„Verstehe! Ich gehe gleich morgen zu diesem Maklerschwein, die Villa kaufen!"

Danielo hatte aber etwas zu besprechen.

„Ich habe mir in der Zwischenzeit einige Gedanken gemacht", sagte er.

„Wenn wir wirklich gegen diese Verbrecher, die uns bisher über den Weg gelaufen sind, etwas unternehmen wollen, dann müssen wir ein wenig weiter ausholen."

„An wen denkst du?"

„An die Organisation, die hinter diesen Ganoven steckt. Es sind doch keine Einzeltäter, sondern dahinter steckt doch sicher die 'Familie'. So nennt man das wenigstens meistens."

„Du kannst auch 'Gomorrha' sagen. Es gibt Filme und Bücher, in denen sie so genannt wird. Dann braucht man diese anderen Unwörter nicht in den Mund zu nehmen!"
Danielo sah aber noch eine Hürde.
„Ein Problem sehe ich aber. Wie wollen wir genau erfahren, wer zu dieser Organisation gehört, und welchen Rang und welche Aufgabe er hat?"
„Da hätte ich eine Idee", sagte Ricardo. „Nach dem Unglück in eurem Labor habe ich mit zwei Mitarbeitern der Softwarefirma gegenüber gesprochen. So wie ich gehört habe, programmieren sie dort Sicherheitssoftware. Vielleicht kann ich den jungen Mann dazu überreden, für uns zu arbeiten. Du weißt doch, dass man mit einer Stange Geld viel Überzeugungsarbeit leisten kann!"
Danielo war einverstanden.
„Ich habe gelesen, dass die Programmierer in solchen Firmen auch gute Hacker sein müssen, wenn sie wirklich erfolgreich arbeiten wollen. Probier es! Geld spielt keine Rolle, wenn ich es nicht von heute auf morgen machen muss!"

7

Silvia hatte angerufen und gesagt, dass jemand ihn sprechen wollte, aber keinen Namen genannt. So war Alfredo überrascht, als er Ricardo sah.

„Hallo! Mit Ihnen hatte ich jetzt nicht gerechnet. Es geht doch hoffentlich nicht um das schöne Auto[1]?"

„Nein", sagte Ricardo, „das Thema ist abgehakt. Es geht um etwas völlig anderes. Ich habe ein Angebot für Sie, dass ich aber hier nicht besprechen kann. Es könnte für Sie aber sehr interessant und lukrativ sein!"

„Eigentlich bin ich mit meinem Job glücklich und zufrieden. Da müssten Sie aber schon etwas ganz Besonderes zu bieten haben, wenn Sie mich dort herauslocken wollen!"

„Dann habe ich ja eine Chance", antwortete Ricardo. „Wir sollten uns vielleicht mal auf ein Glas Wein verabreden. Dann können wir ganz ungezwungen miteinander reden."

Ricardo hatte den Termin für das Treffen mit Alfredo auf seinen freien Tag gelegt. Er saß in seiner Lieblingspizzeria bei Riziero und hatte zu Mittag gegessen. Jetzt war früher Nachmittag und es war entsprechend ruhig im Lokal.

Riziero, der Wirt, setzte sich zu ihm.

„Na, was ist mir dir los?", fragte Ricardo, der sah, dass sein Freund etwas geknickt aussah.

Riziero blickte sich zuerst um. Außer Ricardo war niemand in der Nähe; so konnte er frei reden.

„Ich habe ein großes Problem", sagte er. „Morgen kommt der Typ von der Security-Firma und will seine 500 Euro haben. Und ich habe das Geld nicht! Der Monat ist bisher ziemlich schwach gewesen, und ich habe nicht viel eingenommen. Aber das heißt jetzt nicht, dass ich dich anpumpen will!"

Ricardo war bei dem Wort 'Security-Firma' aufmerksam geworden.

---

1   Alfredo hatte das Auto von Danielo erworben - siehe „Das Projekt Duplo - Der Beginn

„Was genau meinst du mit Security?", fragte er.

„Na ja", sagte Riziero, „das ist eine Firma, die dir Geld abnimmt und dafür sorgt, dass ungeliebte Gäste draußen bleiben."

Ricardo hatte verstanden.

„Und was ist, wenn du nicht bezahlst?"

„Das hat ein Kollege versucht. Ein paar Tage später haben sie ihm den Laden total verwüstet. Das Schlimme dabei ist, dass du dann auch noch Probleme hast, den Schaden von der Versicherung ersetzt zu bekommen!"

„Und was sagt die Polizei dazu?"

Riziero schaute Ricardo an, als hätte er einen schlechten Witz gemacht.

„Du glaubst doch nicht etwa, dass die Bullen etwas dagegen machen können. Ich glaube sogar, dass sie gar nichts dagegen machen wollen!"

Die Tür ging auf, und Alfredo kam herein.

„Lass uns später noch einmal darüber reden", sagte Ricardo zu Riziero. Der nickte zustimmend und verzog sich in die Ecke, wo der Pizzaofen stand.

Alfredo setzte sich zu Ricardo.

„Also, legen Sie los!", sagte er.

Ricardo drehte den Kopf noch einmal in alle Richtungen, dann sagte er mit gedämpfter Stimme:

„Mein Auftraggeber steht nicht im Telefonbuch, und ich werde Ihnen nichts über ihn sagen. Wichtig für ihn ist, dass Sie zuverlässig sind, und dass Sie uns versichern können, dass alles, was mit Ihrem Auftrag zu tun hat, unter uns bleibt. Sie dürfen nicht einmal Ihrer Freundin etwas davon erzählen! Oder sind Sie inzwischen mit der netten Silvia verlobt?"

„Nein, noch nicht, aber ich bin kurz davor!"

Alfredo überlegte, ob er mit Ricardo über private Dinge sprechen sollte oder nicht. Dann sagte er:

„Wissen Sie, sie ziert sich noch ein wenig. Als ich mit ihr angefangen habe, hat sie einmal erwähnt, dass Danielo seiner Barbara immerhin einen tollen Sportwagen und eine Villa bieten konnte. Ich musste dann feststellen, dass sie das ernst meint. So nach dem Motto »Ohne einen tollen Sportwagen und eine Villa geht nichts«.“

„Das sind ja nette Ansprüche“, sagte Ricardo. „Nun, den Sportwagen haben Sie ja schon, aber das mit der Villa wird sicher eine große Herausforderung, oder?“

„Klar“, sagte Alfredo. „Ich verdiene zwar nicht schlecht, aber wissen Sie, was hier in der Umgebung eine Villa kostet?“

„Das weiß ich ziemlich genau“, sagte Ricardo, „denn ich weiß, was die ‘casa onorata’ für die Villa meines Bruders haben will!“

„Ist die denn noch nicht wieder verkauft?“, fragte Alfredo.

„Nein“, sagte Ricardo, „und er wird sie auch nicht so schnell los werden!“

„Wieso das?“

„Nun, da ist zum einen der Preis; dieser Makler will 400.000 Euro für die Villa."

Er machte eine kurze Pause.

„Aber es gibt noch eine andere Hürde.“

Jetzt wurde Alfredo neugierig.

„Und was ist das?“

„In dem Haus spukt es angeblich. Mein Bruder, der, so wie es aussieht, im Bunker verbrannt ist, soll in der Villa sein Unwesen treiben. Das erzählt eine alte Frau oben in Sant’Angelo, und sie hat mir gesagt, dass mehrere Interessenten, die in dem Haus zur Probe gewohnt haben, das bestätigt haben. Sie hat dem Makler auch gesagt, er soll das Haus lieber nicht verkaufen, denn es könnten schreckliche Dinge geschehen, wenn der Geist auf die Idee käme, die Leute nicht nur zu erschrecken.“

Alfredo wusste nicht, was er zu der Geschichte mit dem Geist sagen sollte. Geister kannte er nur von der Kirmes oder aus Gruselfilmen. Echte Geister waren weder ihm, noch anderen Menschen, die er kannte, jemals begegnet.

„Nun, dann kann ich die Villa Ihres Bruders wohl aus meiner Liste streichen!“

„Oder auch nicht.“

„Wie meinen Sie das?"

„Ich hätte einen Auftrag für Sie. Dafür bekämen Sie von uns einen sehr guten Lohn."

Ricardo wartete kurz. Weil Alfredo noch keine Reaktion zeigte, dachte er nach, wie er ihm die Sache schmackhaft machen sollte.

Dann hatte er es:

„Wir könnten es so machen: Mein Auftraggeber kauft die Villa, und nach Abschluss der Aktion übergeben wir sie Ihnen; sozusagen als Naturallohn."

Alfredo war jetzt doch neugierig geworden.

Das hatte Ricardo gespürt und konkretisierte sein Angebot.

„Wissen Sie, wer mein Auftraggeber ist, oder auch die Geschichte mit dem Geist, das alles ist für Sie eigentlich völlig egal.

Worum es geht:

Es gibt hier, wie fast überall auf der Welt, Organisationen, die am liebsten das Geld anderer Leute an sich bringen. Und glauben Sie mir, sie machen das sehr professionell, mit großem Erfolg und ohne Rücksicht auf Verluste; also, wenn es um Verluste bei den Anderen geht! Und diese Leute haben auch gute Kontakte zu den Behörden, ja, sogar zur Polizei."

„Ich kann mir vorstellen, wen Sie meinen. Aber mit denen will ich mich nicht anlegen!"

„Das brauchen Sie auch nicht. Aber Sie könnten uns Informationen liefern, an die wir sonst nicht herankommen."

Ricardo machte eine kurze Pause.

„Sie programmieren doch Sicherheitssoftware, oder nicht?"

„Ja, das stimmt."

„Ich habe gehört, dass Programmierer, die Sicherheitssoftware programmieren, eigentlich auch gute Hacker sein müssen."

„Das stimmt auch!"

„Dann könnten Sie doch sicher auch Software machen, mit denen Sie an Daten herankommen, die eigentlich für keinen zugänglich sein sollten. Ich denke beispielsweise an einen Fall, bei dem sich in Amerika Studenten Zugang zu dem Rechen-

zentrum eines Wasserwerks verschafft haben und theoretisch in der Lage gewesen wären, die Wasserversorgung einer ganzen Stadt lahmzulegen!"
Alfredo blickte Ricardo erstaunt an.
„Sie wollen aber doch sicher nicht, dass ich Ihnen helfe, Infrastrukturbetriebe zu erpressen, oder?"
„Nein, darum geht es nicht. Es geht darum, Geldflüsse zu verfolgen und zu sehen, wo beispielsweise das Geld hingeht, das die Wirte zahlen, damit ihre Läden nicht verwüstet werden."
„Schutzgeld?"
„So nannte man das früher. Heute nennt man das Securityleistung. Dann gibt es noch Leute, die besonderes Pulver verkaufen, leichte Mädchen beschäftigen… Und es gibt noch einige andere Geschäfte als Einnahmequellen für diese ehrenwerten Herren. Weil die Ermittler inzwischen die Erlaubnis haben, verdächtige Kontobewegungen zu untersuchen, arbeiten diese feinen Herren fast nur noch mit Bargeld."
„Und Sie wollen, dass ich irgendeinen Weg finde zu schauen, wo das Geld hin geht?"
„Genau!"
„Aber wie soll das funktionieren?"
„Wir hatten in Deutschland einen Fall, wo ein Mann mit einer ganz speziellen Maschine fast perfektes Falschgeld gemacht hat."
„Und wie sind sie ihm auf die Schliche gekommen?"
„Er hat den Fehler gemacht, Scheine mit ein und derselben Nummer zu drucken. Dann hat jemand zufällig zwei identische Scheine in der Hand gehabt, und wir haben zusammen mit einer Bank herausfinden können, wo die meisten der Blüten in Umlauf gebracht wurden."
„Sie meinen, ich soll mich in die Datenverwaltung einer großen Bank einhacken? Das schaffe ich nicht! Beileibe nicht!"

Alfredo schaute immer noch sehr skeptisch, aber er dachte nach.
„Ich überlege gerade, wo Geldscheine, die man zum Bezahlen nutzt, gescannt werden, um zu sehen, ob sie echt sind."

„Wie wäre es mit einer der großen Supermarktketten?"
Alfredo schaute noch einmal nach rechts und links, um sicher zu sein, dass ihnen niemand zuhörte.
„Wir sollen für eine dieser Ketten die Software aktualisieren, die genau das macht. Wegen der neuen Euro-Scheine, die jetzt in Umlauf gebracht werden. Dabei könnte man mit einem Zusatzprogramm die Nummern der Geldscheine erfassen."
Er überlegte weiter.
„Das heißt, wenn Sie mir die Nummern der Geldscheine geben, wäre das auch hier möglich. Aber, wenn Sie gegen die, nennen wir es mal 'Gomorrha', arbeiten - das ist mir eine Nummer zu groß!"
„Schade", sagte Ricardo, „dann wird das mit der Villa aber so schnell auch nichts!"

Er wartete ein wenig, dann sagte er:
„Sie können es sich in Ruhe überlegen. Aber ich versichere Ihnen, dass das Ganze für Sie völlig ungefährlich ist. Die Drecksarbeit übernehmen wir. Wenn Sie sich entschieden haben, können Sie mir ja Bescheid geben. Ich bin oben in Scapezzano in dem Hotel beschäftigt."

Nachdem Alfredo gegangen war, setzte sich Riziero wieder zu Ricardo.
„Ich denke, ich kann dir helfen", sagte Ricardo. „Aber ich muss das noch kurz abklären!"
Er ging nach draußen und führte ein kurzes Telefongespräch. Als er wieder hereinkam und sich zu Riziero gesetzt hatte, sagte er:
„Pass auf. Ich habe mit einem Bekannten gesprochen, der genug Kohle hat, und dem die Machenschaften dieser Leute auf den Senkel gehen. Ich soll dir das Geld geben, aber du musst dann auch mit ihm zusammenarbeiten."
Riziero sah nicht gerade begeistert aus.
„Zusammenarbeiten kann wenig und alles bedeuten. Was ist damit gemeint?"
Ricardo klärte ihn auf.

„Mein Bekannter will herausbekommen, wo das Geld hin fließt, das du dem Typ gibst. Bis Morgen ist es zu knapp. Aber wenn der Typ nächsten Monat wieder kommt, dann musst du ihm spezielle Geldscheine geben. Die bekommst du von mir.“
„Spezielle Geldscheine?“
„Richtig! Die Scheine haben eine Besonderheit, durch die mein Bekannter genau sehen kann, wo sie später ausgegeben werden. Das ist relativ kompliziert, kann dir aber egal sein. Und ich versprech’ dir, dass der Typ von der Security-Firma danach nicht mehr kommt!“

Riziero schnaufte zuerst einmal durch.
„Ist das für mich gefährlich?“
„Nein, auf keinen Fall. Von denen, denen wir auf die Schliche kommen wollen, wird keiner etwas davon mitbekommen. Ehrenwort!“
Riziero schien noch nicht überzeugt, vor allem, weil sein akutes Problem damit nicht vom Tisch war.
„Und was soll ich dem Typ morgen geben?“
Ricardo griff in seine Tasche, wo er ein paar Scheine hatte, die er gegebenenfalls Alfredo als Anzahlung angeboten hätte.
„Hier sind 500 Euro“, sagte er. „Ich hole sie mir von meinem Bekannten wieder. Nimm sie erst einmal, und dann sehen wir weiter!“

8

Elena hatte Ricardo gesagt, dass am frühen Abend ein junger Mann vorbeikommen und mit ihm sprechen wollte. Jetzt saß er auf der Terrasse und tankte noch ein wenig Sonne.

Kurz darauf kam Alfredo um die Ecke und begrüßte Ricardo freundlich.

„Sie wollen etwas Geschäftliches mit mir besprechen?", fragte Ricardo.

„Genau. Sie hatten mir ein gemeinsames Projekt in Aussicht gestellt. Ich habe mir die Sache ein paar Nächte lang durch den Kopf gehen lassen und bin zu dem Schluss gekommen, dass mir das mögliche Ergebnis das Risiko wert ist."

„Sind Sie nebenbei Rechtsanwalt? Das hörte sich gerade so an!", scherzte Ricardo.

„Nein, das nicht", sagte Alfredo, „aber ich denke, dass es besser ist, wenn wir in der Öffentlichkeit ein wenig vorsichtig sind. Sie können mir glauben, dass ich mich mit 'Mithören' und solchen Sachen sehr gut auskenne."

„Dann mache ich einen Vorschlag: Wir machen jetzt einen kleinen Spaziergang, und besprechen den Rest unterwegs. O.K.?"

„O.K.!"

Sie gingen die Strada dei Cappuccini hinunter bis an die Ecke, wo die Straße einen scharfen Rechtsknick machte.

„Sollen wir das mit dem 'Sie' nicht lieber lassen?", fragte Alfredo. „Ich bin es gewohnt, meine Freunde und Kollegen mit 'Du' anzusprechen."

„Gerne!", sagte Ricardo.

„Das mit der Geldscheinerfassung im Supermarkt ist kein Problem; das kann losgehen, wenn wir das nächste Update auf den Geräten der Handelskette gemacht haben. Aber ich glaube, es gibt noch eine andere, sehr effektive Möglichkeit, diesen Leuten auf die Spur zu kommen", sagte Alfredo.

Ricardo sah ihn erwartend an.

„Hast du dein Smartphone an?", fragte Alfredo.

„Klar, aber ich kann es ausschalten.“
„Warte ein wenig. Ich will dir schnell etwas zeigen!“
Alfredo schaltete eine App auf seinem Smartphone an und zeigte Ricardo eine Landkarte auf dem Display.
„Kannst du erkennen, was da zu sehen ist?“
Ricardo schaute hin und sagte:
„Klar, das ist eine Karte von der Gegend, wo wir gerade sind.“
Alfredo vergrößerte die Ansicht. Jetzt waren der Straßenname zu sehen und zwei rote Punkte an der Stelle, wo sie gerade standen.
„Siehst du die roten Punkte? Das sind unsere beiden Handys.“
Ricardo war überrascht.
„So genau kann man den Standort ermitteln? Das wusste ich noch nicht!“
„Ist nicht ganz so einfach, wie es aussieht. Man braucht schon eine spezielle Software dafür.“
„Ich dachte es mir. Und wie geht das?“
„Die Smartphones haben heute fast alle einen GPS-Empfänger. Damit können sie den Standort auf ungefähr einen Meter genau bestimmen. Das macht das Gerät eigentlich nur intern, und gibt die Position an Anwendungen wie Google-Maps oder Routenplaner weiter, wenn sie angefordert wird. Meine App geht über das Netz an dein Smartphone heran, schaltet eine Funktion im Betriebssystem frei, und schon kennt sie deine Position.“
„Und wenn das Gerät kein GPS hat?“
„Dann wird die Ortsbestimmung über die Position der Mobilfunkstationen in der Umgebung gemacht. Das ist zwar nicht ganz so genau wie mit GPS, aber in den meisten Fällen reicht das.Aber das ist nicht alles. Pass mal auf!“, sagte Alfredo.
Er aktivierte eine andere App und hielt Ricardo das Smartphone ans Ohr.
„Hört du was?“
Ricardo hörte wirklich was, nämlich genau das, was er und Alfredo sagten.
„Wenn ich jetzt noch die Aufzeichnung einschalte, kann ich mir nachher zu Hause in Ruhe anhören, was wir uns auf unserem

Spaziergang erzählt haben."

Ricardo war sichtlich beeindruckt:

„Was sagte schon Orwell: ‚Big Brother is watching you'. Dass wir aber schon so weit sind, war mir nicht bekannt! Dann schalte ich mein Gerät jetzt mal lieber aus!"

„Aber bitte richtig, also nicht in den Stand-By-Modus. Es muss wirklich ganz aus sein", sagte Alfredo. „Sonst kann man es immer noch missbrauchen."

Ricardo musste zuerst überlegen, was er machen musste, um sein Smartphone wirklich komplett auszuschalten, denn normalerweise ließ er das Gerät immer im Bereitschaftsmodus.

„Selbst wenn dein Handy im Schlafmodus ist, verbindet es sich immer noch mit dem nächsten Funkmast, damit du im Notfall erreichbar bist oder geortet werden kannst. Nur wenn der Strom ganz abgeschaltet ist, dann ist es wirklich stumm. Was meinst du, warum es beispielsweise der NSA möglich war, das Gerät der deutschen Bundeskanzlerin abzuhören? Da nützt die übliche Sicherheitssoftware gar nichts!"

„Du scheinst dich mit der Materie gut auszukennen", sagte Ricardo.

„Ist mein Job. Unsere Firma ist einer der führenden Entwickler von Sicherheitssoftware."

Dann ging es ums Geschäftliche.

„Wenn ich dir Standorte und Uhrzeiten gebe, kannst du dann ermitteln, welche Geräte in der Nähe sind oder waren?"

„Das geht schon", sagte Alfredo, „aber es kommst eine Riesenmenge an Daten zusammen, die man filtern und ordnen muss. Das ist eine Sisyphusarbeit!"

„Mein Auftraggeber hat eine Software, mit der man das kann", sagte Ricardo. „Du brauchst ihm nur die Daten zu liefern, und er analysiert sie! Das heißt, wir haben im Prinzip zwei Möglichkeiten, um an Daten zu kommen, die wir dann miteinander abgleichen können. Das macht die Sache für das Programm, von dem ich sprach, deutlich einfacher bzw. die Ergebnisse werden viel besser."

Beide waren sich einig, dass ein schriftlicher Vertrag nicht nötig und auch nicht hilfreich wäre, und sie besiegelten ihre Zusammenarbeit per Handschlag.
Zum Schluss nahm Ricardo einen Umschlag aus der Tasche.
„Eine kleine Anzahlung für die Nebenkosten!", sagte er.
„Dann bis bald!", sagte Alfredo zum Abschied.

9

Vier Wochen waren inzwischen vergangen, seitdem Danielo sich so spektakulär verabschiedet hatte. Sein Haus stand immer noch genauso da, wie er es verlassen hatte. Bislang hatte sich auch niemand darum gekümmert.

Benno hatte ungeduldig gewartet, bis sein Vater nach Hause kam und ihn gleich an der Tür empfangen.

„Papa, Papa, weißt du, wer heute da war?", rief er aufgeregt.

„Natürlich nicht. Erzähl!"

„Ein Mann war hier, der schlecht Deutsch sprach, und der sagte, er kommt aus Italien, von da, wo Danielo gewohnt hat. Und er hat einige Sachen mitgenommen, die Danielo hier gelassen hatte."

„Interessant!", sagte Michael. „Mit wem hat er gesprochen?"

„Mama hat ihn gesehen und gefragt, was er hier macht. Er hat mit ihr gesprochen. Mir hat sie bisher nur gesagt, dass der Mann ein Anwalt war und sich um Danielos Erbe kümmern soll. Aber sie hat gesagt, dass ich dabei sein darf, wenn sie dir alles erzählt."

„Ja, dann lass mich mal reingehen, die Jacke und die Schuhe ausziehen, etwas trinken, und dann könnt ihr mir berichten."

Inzwischen war Maria zu ihnen gekommen. Michael beeilte sich, denn er war natürlich gespannt, was sie ihm zu berichten hatte.

„Der Mann, er heißt Leguleio, hat mir Dokumente gezeigt, die ein Amt in Italien ausgestellt hat. Demnach hatte Danielo Verwandte, denen sein Vermögen zusteht. Er hatte das auch in Pölsch im Gemeindeamt abgeklärt, und sie haben ihm den Schlüssel gegeben, damit er ins Haus konnte."

„Dass er Verwandte hatte, darüber hat er nie etwas erzählt; aber er hat eh so gut wie nichts über seine Herkunft und solche Sachen gesagt. Aber wenn unsere Leute auf dem Amt seine Angaben überprüft haben, dann wird wohl alles stimmen. Woher haben die Verwandten in Italien denn erfahren, was hier passiert ist?", wollte Michael wissen.

„Er sagte, dass Danielo ihnen vor ein paar Wochen einen Brief geschickt hat, in dem er in etwa das Gleiche geschrieben hat, was auch in seinem Abschiedsbrief stand, den ihr in der Küche gefunden habt."

„Weißt du, was er mitgenommen hat?", wollte Michael wissen.

„Er hat den Lieferwagen genommen, der Danielo gehörte. Was er alles eingeladen hat, weiß ich nicht. Er sagte mir, er kommt allein zurecht. Ich glaube, er wollte nicht, dass jemand dabei ist!"

„Ist ja in Ordnung!", sagte Michael. „Hat er gesagt, ob er noch einmal wieder kommt?"

„Nein. Er sagte, dass die Verwandten keinen Wert auf seine Sachen legen, nur der Lieferwagen sollte mit, weil sie den gebrauchen könnten."

„Und was soll mit dem Haus passieren?", fragte Michael.

„Sie sind sich wohl noch unschlüssig, weil das Haus aus ihrer Sicht ja sehr weit weg ist. Ich denke, dass sie es irgendwann verkaufen werden."

Michael schaute auf die Uhr.

„Habt ihr heute nicht wieder euren Stammtisch?", fragte Maria.

„Doch", sagte Michael. „Heute wäre sogar wieder der Donnerstag, an dem unser traditioneller 'Debattierabend' ansteht."

„Warum sagst du 'wäre'?", fragte Maria. „Macht ihr das denn nicht mehr?"

„Doch, schon, aber uns sind in der letzten Zeit die Themen ausgegangen. Da kam Danielo mit seinem Drucker und dem Spielfalschgeld gerade richtig. Aber der ist ja nicht mehr da!"

Maria hatte kurz nachgedacht, dann hatte sie ihre Gedanken so geordnet, dass es dem Anspruch der Herren bei dem Debattierabend genügen sollte.

„Ich könnt doch mal über 'glauben' sprechen. Also nicht über den Glauben, wie der Pfarrer in der Kirche, sondern darüber, was man anderen Leuten glauben kann, wenn sie etwas erzählen. Überleg' doch mal, was in der letzten Zeit alles über 'Fake News' oder diese 'alternativen Wahrheiten' gesprochen wurde. Wenn du dann noch überlegst, was Danielo uns alles für Lügenmärchen aufgetischt hat...“

Michael fand die Idee ganz gut.
Pünktlich um Sieben war er in der Maibaumstube.
Er wartete geduldig, bis alle Stammtischbrüder eingetroffen waren, und sie auf ihr Wohl angestoßen hatten.
„Na, Herr Ober[1]“, sagte Michael zu Otto, „hast du dir dann auch schon etwas ausgedacht, über das wir uns heute die Haare vom Kopf reden können?“
Latte[2] schaute den Papst[3] an, und wollte gerade eine Bemerkung über dessen ziemlich stark gelichtetes Haar machen, aber dieser sah ihn so streng an, dass er lieber den Mund hielt, auch wenn es ihm schwer fiel. Er begnügte sich damit, von einem bis zum anderen Ohr zu grinsen.
Die Kollegen hatten das nicht übersehen.
„Nein Latte“, sagte Otto, „ich habe nicht gerade darüber nachgedacht, weshalb der Papst nur noch so wenig Haare auf dem Kopf hat!“
„Das sind alles die Gene schuld!“, sagte Eisenbart[4]. „Auch wenn früher die seltsamsten Erklärungen kursierten.“

Michael ergriff das Wort.
„Maria hat mir gesagt, wir könnten doch mal über ‘glauben’ reden, also darüber, ob wir anderen Leuten alles glauben können, was sie uns erzählen. Denkt doch nur mal an Danielo!“
„Hör mir mit dem auf“, sagte Latte. „Nachdem er letztes Mal über moderne Techniken geredet hatte, musste ich die Hälfte von den Balken in meiner Schreinerei wegwerfen. Die hatten sich so verbogen, dass sie nicht mehr zu gebrauchen waren!“
„Ja, dann prost", sagte Michael. „Apropos Danielo. Hat einer von euch mitbekommen, dass heute ein Anwalt aus Senigallia hier war, der den Nachlass von Danielo regeln sollte?“

---

1   Otto Hammer, der Dorflehrer, wird ‘Ober’ genannt, weil er sich manchmal oberlehrerhaft benimmt
2   ‘Latte’ ist der Spitzname des fröhlichen und trinkfesten Schreiners Anton Gruber
3   ‘Papst’ nennen die Stammtischbrüder den Pfarrer Johannes (Paul) Müller
4   Der Landarzt Tobias Meier wird ‘Eisenbarth’ genannt

Alle schauten fragend in die Runde, nur Otto war informiert.

„Der Mann war in Pölsch auf dem Amt, bevor er herkam“, sagte er. „Sie hatten ihm einen Schlüssel für das Haus gegeben.“

„Er hat außer dem Lieferwagen anscheinend nichts mitgenommen, meint Maria. Er war aber allein im Haus, deshalb kann man das nicht so genau sagen!“, sagte Michael.

„Aber man kann das Haus doch jetzt nicht sich selbst überlassen“, sagte Klaus[1]. „Sonst sieht das doch in absehbarer Zeit genau so runtergekommen aus wie die alte Mühle am Rutschbach!“

„Keine Angst“, sagte Otto. „Der Mann war, bevor er gefahren ist, noch bei mir, hat mir den Schlüssel gegeben und darum gebeten, dass einer aus dem Ort ab und zu mal nach dem Rechten sieht. Er hat mir sogar ein paar Hunderter gegeben, sozusagen als ‚Hausmeisterlohn‘.“

Er schaute Michael an.

„Ich hätte gerne, dass du das machst. Erstens wohnst du direkt in der Nähe, und zweitens könntest du dir das Haus mal genauer ansehen. Wer weiß, was Danielo noch für Geheimnisse hatte. Vielleicht hat er an irgendwelchen Erfindungen gearbeitet. So wie Daniel Düsentrieb!“

„Könnte ich machen“, sagte Michael.

„Und dann berichtest du uns nächste Woche, was du alles gefunden hast!“, sagte Klaus.

„O.K.“, sagte Michael. „Machen wir so.“

Als Michael am nächsten Tag nach Hause kam, war er richtig gut gelaunt. Nicht nur, dass er das ganze Wochenende frei hatte; sein Chef hatte ihm sogar offiziell den Auftrag gegeben, sich Danielos Haus genauer anzusehen. Die Zeit sollte er sogar als Dienstzeit angerechnet bekommen!

Nachdem die Einkäufe für das Wochenende erledigt waren, und er geprüft hatte, ob sein eigenes Haus schon winterfest war, hatte er mit Maria abgesprochen, mit Benno zu Danielos Haus zu gehen.

---

1   Dem Bäcker, Klaus Schmitter, haben die Stammtischfreunde dem Spitznamen ‚Weckmann‘ verpasst

„Darfst du Benno denn mitnehmen?", hatte sie gefragt.
Michael hatte im Brustton der Überzeugung 'Klar doch' gesagt.

Benno war natürlich neugierig. Danielos Haus hatte er noch nicht von innen gesehen, nur in der ehemaligen Scheune war er ein paar Mal gewesen.
Als sie im Wohnzimmer das Hirschgeweih an der Wand sahen, holte sich Benno gleich ein Höckerchen, um das Geweih zu inspizieren.
„WOW!", sagte er. „Das ist ja ganz schön groß!"
„Nicht daran ziehen!", sagte Michael. „Du weißt nicht, ob es richtig fest ist. Und ich will dich nicht mit einem gebrochenen Arm ins Krankenhaus bringen!"
Zu spät.
Benno hatte sich schon auf den Kaminsims hoch gezogen und an dem Geweih festgehalten, um es aus allernächster Nähe sehen zu können.
Plötzlich spürte er, dass sich das Geweih mitsamt der Wandverkleidung löste und zur Seite schwang.
Michael fing Benno auf, bevor er auf dem Boden landete. Er war sauer.
„Was habe ich dir gesagt?"
„Ich packe nichts mehr an! Versprochen!", sagte Benno kleinlaut.
Indes war Michael nahe an die Wand heran gegangen.
„Ein Tresor!", sagte er. „Perfekt versteckt!"
„Aber leer!", fügte er hinzu.

Inzwischen war Benno in die Ecke gegangen, wo Danielo einen Schreibtisch stehen hatte. Es sah ziemlich aufgeräumt aus.
Der Papierkorb war leer.
„Guck mal hier", sagte Benno, der gesehen hatte, dass neben dem Schreibtisch ein Aktenvernichter stand.
„Sieht so aus, als wenn Danielo Unterlagen vernichtet hätte", sagte Michael. „Aber die Schnipsel hier drin sehen nicht aus, als hätte er viele Blätter rein getan!"

Benno nahm ein paar der Schnipsel und sagte:
„Ich kann die Streifen doch wieder zusammenlegen, so wie ein Puzzle!"
„Wenn du ein paar Jahre Zeit hast, könntest du es schaffen", sagte Michael. „Ich könnte die Schnipsel aber auch mit ins Büro nehmen. Wir haben vor kurzem ein Computerprogramm bekommen, das angeblich in der Lage ist, solche Schnipsel wieder richtig zu ordnen, wenn man sie gescannt hat. Ich probiere es mal damit aus!"
Sonst fanden sie im ganzen Haus nichts Auffälliges.

Eine paar Tage später brachte Michael zwei Blätter mit nach Hause.
„Schau hier!", sagte er und zeigte eins davon Benno.
„Weißt du, was das ist?"
„Nein", sagte Benno.
„Das ist eine Entwurfszeichnung. Aber was das sein soll, weiß ich nicht. Sieht ein bisschen aus, wie die Schnittzeichnung einer Pistole. Aber es ist kein normaler Lauf zu sehen. Das hier ist viel dünner, vielleicht einen Millimeter im Durchmesser."
„Vielleicht eine Wasserpistole", sagte Benno.
„Und was ist auf dem zweiten Blatt?"
„Nur ein paar Zahlen, mit denen wir nichts anfangen konnten", sagte Michael.
Benno war zufrieden und ging in sein Zimmer zum Spielen.

Maria hatte zugeschaut und sich die Zahlen auf dem zweiten Blatt angesehen.
10 W = Rötung
50 W = Verbrennung
100 W = Starke Verbrennung
1000 W = Durch
„Gut, dass du das Benno nicht gezeigt hast", sagte sie.
„Meinst du, er hat eine Laserpistole entworfen, so wie diese Dinger in den Star-Wars-Filmen?"
Michael nickte.

„Ich kann nur hoffe, dass wir uns irren, oder Danielo die Waffe noch nicht fertig hat!"

Es war ein lauer Sommernachmittag und Ricardo war noch einmal nach Sant'Angelo gefahren, um sich die Villa und ihr Umfeld ungestört anzusehen.

Er parkte direkt gegenüber der Villa. Eine alte Frau, die unterhalb des Sportplatzes auf einer Bank saß, musterte ihn aufmerksam.

„Na, junger Mann, wollen Sie etwa die Geistervilla kaufen?", fragte sie unverblümt.

Ricardo tat so, als wüsste er nichts von den angeblichen Geistern.

„Einen schönen Tag!", sagte er. „Ja, ich habe vor, die Villa zu kaufen. Aber ich will sie mir mal in Ruhe ansehen, bevor ich mit dem Makler spreche. Der labert mir sonst sicher ein Ohr ab!"

Die Alte lächelte freundlich.

„Ich habe dem Makler schon gesagt, dass er es besser lassen sollte. Am Ende kommt in dem Haus einer um, und dann behauptet er am Ende noch, ich hätte die Leute nicht gewarnt!"

„Na ja", sagte Ricardo, „ich habe eigentlich keine Angst vor Geistern; das sind doch auch nur Menschen!"

Er grinste.

Die Alte schaute ihn böse an.

„Das hier sind aber Untote", sagte sie grimmig. „Und Untote morden! Dank' dem Herrgott, dass da drüben noch keine Leichen abtransportiert werden mussten!"

„Ist es wirklich so schlimm in dem Haus?", fragte Ricardo.

„Die letzten Leute, die da übernachtet haben, sind am Morgen ganz schnell abgehauen. Ich habe kurz mit ihnen gesprochen. Denen stand die Angst im Nacken!"

„Ich denke, ich werde trotzdem mal mit dem Makler reden; schaden kann es ja nicht. Und wenn er mir anbietet, in dem Haus Probe zu wohnen, dann werde ich mich entsprechend vorbereiten. Ich kenne eine Frau, die behauptet, dass sie Geister beschwören kann. Mal sehen, wer stärker ist."

Die Alte schüttelte den Kopf, sagte aber nichts mehr.

Am nächsten Tag nutzte Ricardo die Mittagspause und fuhr zur Via Raffaello Sanzia, wo das Büro der 'casa onorata' war.

Strozzino erkannte ihn wieder und schaute nicht gerade freundlich zu ihm herüber. Als seine Kollegin, die Ricardo in Empfang genommen hatte, ihm sagte, dass Ricardo ein Haus kaufen wolle, schaute er gleich freundlicher und bat ihn, Platz zu nehmen.

„Was kann ich Ihnen anbieten?", fragte er.

„Es geht um die Villa in Sant'Angelo, die meinem Bruder gehört hat", sagte Ricardo. „Ich bin an dem Objekt interessiert."

„Ich sage Ihnen aber gleich, dass das Haus nicht billig ist", antwortete Strozzino. „Ihr Bruder hat das Haus technisch immer auf dem allerneuesten Stand gehalten. Die Sicherheitstechnik ist nagelneu, eine Erdwärmeanlage ist vorhanden, und die Einrichtung, die selbstverständlich im Preis einbegriffen ist, ist auch vom Feinsten. Allerdings hatte er einen speziellen Geschmack. Aber über Geschmack soll man ja bekanntlich nicht streiten."

„Was soll das Objekt kosten?", fragte Ricardo.

„400.000 Euro glatt", sagte der Makler, „inklusive der Kosten für Notar etc."

„Eine stattliche Summe!", sagte Ricardo und wartete ein paar Sekunden. Dann fügte er an:

„Schließlich liegt das Haus ziemlich abgelegen in einem kleinen Ortsteil. Und wenn man bedenkt, dass es in dem Haus auch noch spukt! Angeblich haben alle bisherigen Interessenten deswegen von einem Kauf Abstand genommen."

„Das hat Ihnen sicher die alte Frau erzählt, die immer in der Nähe der Villa herumlungert und wohl Spaß daran hat, den Leuten diesen Unsinn zu erzählen. Glauben Sie der kein Wort! Die ist verrückt!"

Ricardo hatte Lust zu feilschen.

„Ich weiß zwar nicht, was Sie meinem Bruder gegeben haben. Aber unabhängig davon finde ich Ihre 400.000 Euro arg übertrieben. 300.000 Euro würde ich Ihnen geben. Aber wenn an der Sache mit dem Geist nur ein Hauch Wahrheit ist, dann ist eigentlich auch das noch viel zu viel!"

Strozzino schien nicht gerade begeistert.

Aber Ricardo legte noch einmal nach.

„Ich glaube, wenn Sie den Interessenten nicht ein ganzes Stück entgegen kommen, wird die Villa noch ein paar Jahre leer stehen!"

Ricardo stand auf und sagte zum Abschied:

„Geben Sie mir bitte Ihre Karte mit, damit ich Sie erreichen kann. Ob Ihnen der Preis, den ich Ihnen zahlen will, reicht, können Sie sich in Ruhe überlegen. Ich melde mich in ein paar Tagen wieder.

Ach, bevor ich es vergesse: Ich habe die Absicht bar zu bezahlen, also Cash auf die Hand. Wäre das O.K.?"

Der Makler musterte ihn prüfend, dann sagte er: „Wenn wir uns auf einen vernünftigen Preis einigen können, dann geht das in Ordnung. Aber Ihre 300.000 Euro werde ich auf keinen Fall akzeptieren!"

Ricardo verabschiedete sich und fuhr zurück nach Scapezzano.

Strozzino ging zu seinem Kollegen.

„Hast du das mitbekommen?", fragte er. „Diese verrückte Alte vermasselt uns ständig das Geschäft! Jetzt habe ich die Nase voll. Ich glaube, dass sie einen Unfall haben wird!"

Als Ricardo zu Hause war, rief er Alfredo an. Weil sich die Mobilbox meldete, hinterließ er eine Nachricht.

„Ich habe mit dem Makler gesprochen. Er besteht auf seinem Mondpreis für die Villa, trotz der Geistergeschichte der Alten. Ich habe ein ungutes Gefühl. Behalt ihn mal im Auge. Er scheint zu allem fähig! Seine Handynummer ist 335 55543210."

11

Am Abend hörte Alfredo seine Mailbox ab.

‚Schon ein Auftrag von Ricardo', dachte er, gab in seiner App die Nummer des Maklers ein und schaute, ob er das Handy orten konnte.

‚Bingo!', dachte er, als er einen roten Punkt auf der Karte sah.

‚Er ist wohl noch im Büro. Aber ich werde ihn mal im Auge behalten!'

Er aktivierte die Aufzeichnung des Bewegungsprofils und legte sein Smartphone zur Seite.

Sibilla war zufrieden. Der junge Mann schien ihr zwar die Geschichte mit Danielos Geist nicht wirklich geglaubt zu haben, aber sie hatte ihn verunsichert. Diese Makler, die nur der Profit interessierte, und die schuld daran waren, dass die Mieten und die Preise für die Häuser immer weiter stiegen, waren ihr schon seit langem ein Dorn im Auge.

Als dann das Haus von Danielo, dessen Eltern sie noch gut gekannt hatte, nach seinem Tod zum Verkauf stand, und sie erfahren hatte, welche aus ihrer Sicht astronomisch hohe Summe der Makler für das Haus verlangte, hatte sie die Nase voll. Sie hatte sich geschworen, ihm das Geschäft zu verderben.

Jetzt saß sie immer dann, wenn das Wetter ordentlich war, auf der Bank am Sportplatz und wartete darauf, dass Interessenten für die Villa kamen.

Die Geräusche, die man manchmal von dort hörte, waren sicher normale Geräusche, wie sie jedes Haus macht. Aber sie hatte daraus die Geschichte mit dem Geist Danielos gemacht, der nach seinem Feuertod in dem Haus spukte und die Leute vertreiben wollte.

Sibilla schreckte auf, als sie die Sirenen hörte. Zwei Wagen der Carabinieri kamen mit Blaulicht und Sirenen die Borgo Marzi entlang und hielten vor der Postfiliale an. Die Carabinieri hatten die Dienstwaffen gezogen, standen vor dem Gebäude und schienen zu überlegen, wie sie agieren sollten.

Die beiden Jungen, die eben noch auf dem Fußballplatz gekickt hatte, rannten die Straße hinauf und riefen:
„Die Post ist ausgeraubt worden!"
Auch andere Leute waren zur Post gelaufen und warteten ab, was jetzt passieren würde. Endlich war mal was los im Ort!
Keiner sah, dass von der Villa aus ein dunkel gekleideter Mann von hinten auf die Alte zugegangen war. Auch hörte niemand etwas, als ihr der Mann mit einem Pflasterstein den Schädel einschlug. Der Mann legte die Alte noch so, dass ihr Kopf neben dem Mäuerchen an der Ecke zur Straße lag und verschwand wieder.
Ein paar Minuten später war der Einsatz der Carabinieri beendet. Der Alarm hatte sich als falsch erwiesen.
Die Jungen kamen zurück und sahen Sibilla blutüberströmt auf dem Boden liegen. Der eine rannte schnell zurück zur Straße, winkte den Carabinieri zu und rief: „Mord, Mord!"
Die Carabinieri hatten ihn noch im Rückspiegel gesehen, angehalten und waren zurückgekommen.
„Was ist los?", fragte der eine.
Als sie zusammen mit den Jungen zurückgegangen waren und Sibilla sahen, waren sie fassungslos.
„Wer tut denn einer harmlosen alten Frau so etwas an?", rief der eine.
„Ich glaube, das ist ein Fall für die Stato", sagte der andere und nahm das Diensttelefon in die Hand.
„Scarno hier", sagte er. „Die alte Strega ist erschlagen worden!"

Rialzato nahm den Fall in die Hand.
Ein paar Tage später wurde das Ergebnis der Untersuchungen bekannt gegeben. Es war ein Unfall. Die alte Frau war gestolpert und mit dem Kopf so unglücklich auf das Mäuerchen gefallen, dass sie einen Schädelbruch erlitten hatte.
Strozzino war erleichtert und zufrieden.
Jetzt stand einem erfolgreichen Abschluss in Sachen Villa Spettro nichts mehr im Wege.

Tags darauf kam im örtlichen Boulevardblatt mit reißerischer Aufmachung die Meldung, dass in Sant'Angelo eine alte Frau erschlagen worden sei. Dem Bericht entnahm Alfredo, dass es sich nur um die Alte handeln konnte, die die Interessenten für Danielos Villa abfing, um sie vor Danielos Geist zu warnen. Auch der Fehlalarm in der Postfiliale wurde erwähnt.

Er ahnte Schlimmes. Schnell nahm er sein Smartphone und sah sich die Aufzeichnung an.

Strozzino war am Tag des Mordes in Sant'Angelo gewesen. Er war zuerst zur Villa gegangen, dann in Richtung Sportplatz, und danach wieder zurück zur Villa, wo er einige Stunden geblieben war.

Dann war er zurück in sein Büro gefahren.

Es passte alles zusammen!

Alfredo rief Ricardo an.

„Können wir uns kurz treffen? Ist sehr wichtig!"

Sie machten aus, dass sie sich am Abend bei einem Spaziergang treffen wollten, da, wo sie zuerst ihre Zusammenarbeit besprochen hatten.

Ricardo war neugierig.

„Erzähl schon, was passiert ist."

„Deine Befürchtungen haben sich bewahrheitet. Der Makler war in der Nähe, als das mit der Alten in Sant'Angelo passiert ist."

„Meinst du, dass er die Alte erschlagen hat, damit sie ihm nicht weiter das Geschäft verdirbt?"

„Klar!", sagte Alfredo. „Ich habe mir auch die Gespräche des Maklers angehört. Strozzino hat sich mit Rialzato vom der Stato getroffen. Er hat ihm gesagt:

„Du kannst die Ermittlungen schnell abschließen.

Die Alte ist unglücklich gefallen, Schädelbruch...

Du kriegst das doch sicher hin, oder?"

Alfredo schien sehr betroffen.

Ricardo sprach ihm Mut zu.

„Ich glaube, du solltest versuchen, die Sache zu vergessen, oder dir wenigstens nicht einreden, dass wir Schuld am Tod der Alten sind.

Früher oder später wäre das sicher auch passiert, wenn wir uns nicht für die Villa interessiert hätten. Aber behalt' den Makler weiter im Auge. Ich bin gespannt, was die Untersuchung bei der Sache ergibt. Wer weiß, wer noch alles in die Sache verstrickt ist!"

Am nächsten Tag war die Geschichte mit dem Mord an der alten Frau immer noch Thema in dem Boulevardblatt, allerdings nicht mehr auf der Titelseite.
Wieder einen Tag später war es nur noch ein kleiner Bericht im Lokalteil, in dem das Ergebnis der Ermittlungen stand:
Die alte Frau war wohl in Richtung der Postfiliale gegangen, wo der Einsatz wegen des Alarms war, gestolpert und so unglücklich gefallen, dass sie einen Schädelbruch erlitten hatte und sofort tot war.
Alfredo rief Ricardo an.
„Was machen wir jetzt?"
„Ich spreche mit meinem Auftraggeber darüber. Ich könnte mir denken, dass er etwas unternimmt, damit der Gerechtigkeit genüge getan wird. Ich denke, dass mit Strozzino in Kürze etwas passiert!"

12

Während Danielo in Deutschland gewohnt hatte, war es für ihn schwierig gewesen, an seine Lieblingsweine aus der Heimat zu gelangen. Jetzt brauchte er nur eine Bestellung bei seinem Bruder aufzugeben, und der brachte ihm den Wein mit, wenn sie sich in Danielos neuer Heimat bei Brusio trafen.

Ricardo war nach Feierabend aufgebrochen und zu seinem Bruder in die Schweiz gefahren. Nun saßen sie wieder zusammen.

„Und, was gibt es Neues in der Heimat?", fragte Danielo.

„Ich war letzte Woche bei diesem Maklerschwein und habe die Villa gekauft. Ich musste ihm wirklich die vollen 400.000 Euro geben. Er wollte keinen Cent von seiner Summe abweichen. Die Alte, die die Gespenstergeschichte verbreitet hat, ist ja nicht mehr da."

„Was ist denn passiert?"

„Erzähl ich dir gleich. Erst musst du mir etwas anderes erklären. Du hast doch, als wir uns in Rutsch getroffen haben, davon gesprochen, dass es möglich ist, Leute abzuknallen, ohne dass man in der Nähe sein muss. Wie hattest du das gemeint?"

Danielo stand auf, ging in einen Nebenraum und kam mit einem Spielzeug wieder. Zumindest sah es wie ein Spielzeug aus, nämlich wie eine der Laserpistolen, die Ricardo aus den Star-Wars-Filmen kannte.

„So etwas kennst du sicher aus dem Kino", sagte Danielo. „Es gibt nur einen Unterschied: Die hier ist echt und funktioniert!"

„WOW!", sagte Ricardo.

„Sie hat eine Durchschlagskraft, wie eine Pistole mit Kaliber 45. Nur mit dem Unterschied, dass man keine Schmauchspuren, Hülsen oder Patronen findet, wenn man auf etwas geschossen hat. Ich habe das Ding so konstruiert, dass es zwei Stufen hat. Wenn du den Hebel nur leicht andrückst, kommt ein schwacher Lichtstrahl raus, so wie bei einem Laserpointer; den benutzt man zum zielen. Wenn man den Hebel durchdrückt, dann kommt ein Laserstrahl raus, der ist im Sekundenbruchteil durch das Ziel und kommt auf der anderen Seite wieder raus. Ich habe sie mal oben auf dem Berg getestet. Leider hat die Gämse, die ich als Versuchsobjekt missbraucht habe, das nicht überlebt."

Ricardo war beeindruckt.

„Wenn du den Hebel durchgedrückt hältst, ist das aber sicher nicht ungefährlich für alles, was sich hinter dem Ziel befindet."

„Das stimmt", sagte Danielo, „ein Kinderspielzeug ist es nicht! Ich habe schon mehrere von diesen Pistolen gemacht. Im Moment gibt es noch das Problem, dass die Batterien nur ein paar Schuss zulassen, dann braucht es neue. Also für ein Dauerfeuer ist die Pistole nicht geeignet. Um die nötige Energie schnell abzurufen, braucht man einen Zwischenspeicher, und der muss immer neu geladen werden. Dafür hat der Laserstrahl, der hier rauskommt, aber nicht ein oder zwei Watt, sondern ein paar hundert!"

Ricardo nahm die Pistole. Sie fühlte sich zwar schwer an, lag aber gut in der Hand.

„Kann ich die haben? Ich müsste eine Gewalttat bestrafen."

„Selbstjustiz? Das ist, so viel ich weiß, aber auch in Italien verboten!", scherzte Danielo.

„Ich glaube, wenn es um die 'Gomorrha' geht, ist das erlaubt. Wenn nicht, dann glaube ich es halt, und gut ist."

Danielo war natürlich neugierig.

„Wen soll es dann erwischen?", fragte er.

„Einen Mann von dieser 'Security-Firma', die die Wirte erpresst, und den Makler aus Senigallia, der mir deine Villa verkauft hat. Ich habe dir doch von der alten Frau erzählt, die den Leuten von dem Geist im Haus erzählt. Die hat er einfach erschlagen. Was aber die Sache viel schlimmer macht: Der Rialzato von der Stato deckt das Ganze! Er hat die Ermittlungen eingestellt und stellt den Fall als Unfall dar. Das hat er mit dem Makler so abgesprochen."

Danielo schüttelte ungläubig den Kopf.

„Schweinerei! Du musst also mindestens zweimal schießen", sagte Danielo. „Oder willst du einen von den beiden verschonen?"

„Eigentlich nicht", sagte Ricardo.

„Woher weißt du so genau, wie das abgelaufen ist?"

„Ich habe doch Alfredo angeheuert. Der hat richtig was drauf, sage ich dir. Wenn der dir zeigt, was er alles anstellen kann, wenn er sich in dein Smartphone einhackt…"

„Hört sich spannend an. Was kann er denn alles?"

„Er kann verfolgen, wo sich jemand aufhält, was er sagt und ich glaube, er kann auch auf die Kameras in dem Smartphone zugreifen. Kaum zu glauben, dass unsere Polizei das noch nicht hinbekommt!"

„Ich habe schon einen Krimi gesehen, wo die Ermittler ähnliches gemacht haben. Die hatten sogar eine kleine Sondereinheit dafür gegründet!"

„Und, hatten sie Erfolg?"

„Teils, teils. Sie hatten aber ein Problem, nämlich, dass auch einer der Sonderermittler krumme Sachen gemacht hat!"

Danielo überlegte.

„Wenn Alfredo das wirklich alles kann, was du gesagt hast, dann sollten wir den Rialzato noch verschonen. Ich möchte, dass er uns den Weg zeigt, wie wir an die Führungsschicht der Gomorrha-Familie vor Ort kommen."

Für ein paar Minuten ließen die Brüder die Gedanken schweifen.

Dann sagte Danielo:

„Weißt du, was mir immer noch nicht klar ist?"

„Erzähl!"

„Mir ist immer noch ein Rätsel, wie die Geschichte im Bunker abgelaufen ist. Der Wert, den du an die Maschine schicken solltest, war ziemlich gut berechnet! Der hätte auf keinen Fall die Katastrophe ausgelöst, die passiert ist."

„Wenn ich dich eben richtig verstanden habe, hätte ich mit den Werten, die Ho mir mitgegeben hat, dafür gesorgt, dass die Maschine hops gegangen wäre, aber nicht das ganze Labor!"

„Genau so ist es", sagte Danielo.

„Meinst du, dass der Mann sich beim Eintippen vertan hat?"

„Wäre möglich!", sagte Danielo. „Aber es wäre trotzdem nichts passiert."

Ricardo war erstaunt.

„Meinst du, ich hätte die Werte gar nicht ändern können?"

„Genau so ist es. Wir hatten nämlich eine Sicherung eingebaut, damit kein Fremder in unsere Abläufe eingreifen konnte!"

„Moment mal! Langsam!", sagte Ricardo. „Ich wäre dahin gefahren, und hätte gar nichts machen können?"

„So ist es", sagte Danielo. „Hatte dir Ho einen Code mitgegeben, den du in den Computer eingeben solltest, um die Änderungen zu bestätigen?"

„Nein", sagte Ricardo, „davon war keine Rede!"

„Dann waren unsere Sicherheitsvorkehrungen doch perfekt!", sagte Danielo.

„Ich erkläre es dir:

Die erste Hürde war, sich an dem PC mit dem richtigen Benutzernamen und dem Passwort einzuloggen. Diese Codes hatte dir Ho wahrscheinlich gegeben."

„Richtig!"

„Aber hatte er dir auch noch ein Masterpasswort gegeben?"

„Masterpasswort?", fragte Ricardo. „Davon hatte er nichts gesagt!"

„Konnte er wohl auch nicht", sagte Danielo.

„Wir hatten ein paar Tage vor dem 'großen Tag', wie ihn unser Chef genannt hatte, eine Warnung bekommen, dass wir ausspioniert worden waren, und deshalb die Programme so verändert, dass man vor der Übermittlung der Daten an die Maschine noch einmal ein Masterpasswort eingeben musste. Allerdings wurde man dazu nicht aufgefordert! Wenn du auf den Button für 'Daten senden' geklickt hast, tat der Computer so, als wenn er den Befehl ausführt. In Wirklichkeit machte er es aber nicht!"

Ricardo war kurz sprachlos.

„Was musste man denn machen?"

„Du musstest, statt auf den Button zu klicken, den Mauszeiger über den Button schieben und die rechte Maustaste drücken.

Dann ging ein Pop-Up-Fenster auf, und erst in diesem Fenster war der Button, mit dem du das Senden wirklich anstoßen konntest. Und dabei musstest du auch noch das Masterpasswort eingeben."

„WOW!", sagte Ricardo. „Aber, wenn das so war, dann hätte außer dir doch keiner die Einstellungen der Maschine ändern können!"

„Doch", sagte Danielo, „mein Stellvertreter hätte es gekonnt! Und der Professor. Sonst aber keiner. Weil wir nicht sicher sein konnten, dass einer der anderen Mitarbeiter vielleicht ein Maulwurf war, wusste außer uns keiner von der besonderen Sicherheitsabfrage!"

Ricardo hatte schnell geschaltet.

„Das heißt, als Täter kommen nur der Professor, du und dein Stellvertreter in Frage. Und weil ich dich und den Professor ausschließe, kann es doch nur dein Stellvertreter gewesen sein! Was war der denn für ein Typ?"

„Ein guter Mann! Dem traue ich das nicht zu!"

Danielo überlegte noch einmal.

„Vielleicht vertue ich mich aber auch. Wie sagt man immer: 'Du schaust keinem in den Kopf'. Mir war ab und zu aufgefallen, dass Philippo ziemlich aufgedreht war, wenn er kam. Ob er vielleicht etwas genommen hat?"

Ricardo griff den Gedanken auf.

„Kann es sein, dass er Drogen genommen hat, um mit dem Druck im Labor fertig zu werden? Er wäre sicher nicht der Einzige, der so etwas macht!"

„Du hast Recht", sagte Danielo, „auch Barbara machte manchmal auf mich den Eindruck, als schwebe sie in fremden Sphären!"

„O.K.", sagte Ricardo. „Nehmen wir mal an, dass Philippo die Katastrophe ausgelöst hat. Wäre das dann möglich gewesen? Dein Chef hat doch sicher noch mal alles überprüft, als klar war, dass du zu spät kommst! Wäre ihm dann nicht aufgefallen, dass Philippo andere Werte eingestellt hatte, als die, die ihr nach den Tests festgelegt hattet?"

„Eigentlich schon, aber der Chef war kein Computerexperte. Es gibt eine ganz einfache Methode, wie man seine Spuren verwischt!"

„Sprich!"

„Du weißt doch, dass der Computer sich immer alles merkt, was du machst, damit du im Zweifelsfall immer wieder auf einen vorherigen Stand zurück gehen kannst."

„Du meinst die Sache mit dem 'rückgängig'."

„Genau!", sagte Danielo. „Es geht so: Du gibst die falschen Werte ein, schickst sie an die Maschine, dann gibst du wieder die alten, richtigen Werte ein, speicherst sie und lehnst dich zurück. Wenn dann der Chef kommt, um zu sehen, was du eingestellt hast, sieht er die aus seiner Sicht richtigen Werte, weil dein Rechner sie so gespeichert hat. Aber er sieht nicht die Werte, die du vorher an die Maschine geschickt hast!"

Danielo machte eine kurze Pause, während ihm klar wurde, dass ihnen bei allen Sicherheitsvorkehrungen, die sie vorgenommen hatten, diese Möglichkeit der Manipulation nicht in den Sinn gekommen war. Er schüttelte den Kopf.

„Kaum zu glauben", sagte er. „Du denkst, du hast an alles gedacht und hast trotzdem eine Möglichkeit außer Acht gelassen. Aber auf so eine Idee kommst du doch nur, wenn du kriminelle Machenschaften planst, oder?"

Ricardo nickte und nahm wie sein Bruder einen großen Schluck aus dem Glas.

Danielo schien immer noch ein wenig fassungslos.

Ricardo dachte schon weiter.

„Aber wie ist Philippo aus dem Bunker entkommen? Er wird sich doch sicher nicht selbst pulverisiert haben!"

„Es gab einen Notausgang zwischen den Toiletten", sagte Danielo. „Wenn ich mir noch einmal vor Augen führe, wie wir immer Aufstellung genommen haben, wenn der Chef uns alle in das große Labor bestellt hat, um einen Meilenstein der Entwicklung mit uns zu zelebrieren - Philippo stand immer in der letzten Reihe!"

„Mit anderen Worten: Er könnte sich schnell verdrückt haben, ohne dass es auffiel, oder seinem Nachbarn ins Ohr geflüstert haben, er müsse schnell auf die Toilette, und ab! So ähnlich sollte ich das doch auch machen, hatte mir Ho gesagt."

Ein paar Minuten sagte keiner etwas, bis Ricardo wieder das Wort ergriff.

„Wie sollen wir jetzt mit dem Makler weiter verfahren?"

„Ich habe eine Idee", sagte Danielo.

„Ich habe nicht nur die Pistolen gebaut, sondern auch eine kleine Laserkanone, mit der man aus großer Entfernung agieren kann. Das Gerät ist so gebaut, dass man über ein Fernrohr das Ziel anvisieren kann. Der Laser zum Zielen hat einen Frequenzbereich, den das menschliche Auge nicht wahrnimmt, den du aber durch das Okular sehen kannst, wenn du eine spezielle Brille an hast. Erst beim Abdrücken wird dann ein Laserstrahl abgeschickt, der die tödliche Wirkung hat."

„Das heißt, das Opfer hat keine Chance!"

Danielo nickte. „Diese Waffen sind fürchterlich! Die Amis haben schon Laserkanonen gebaut, und sie sollen sie auch schon eingesetzt haben. Ich hoffe, dass diese Waffen nie in die falschen Hände geraten! Stell dir vor, du stehst irgendwo herum, und dann trifft dich ganz ohne Vorwarnung ein tödlicher Strahl. Ist nicht gerade angenehm, denke ich!"

„Schon", sagte Ricardo, „aber wäre es dir lieber, wenn dir einer in die Augen schaut, die Pistole ansetzt und dich dann abknallt? Das stelle ich mir auf jeden Fall schlimmer vor, als wenn es einfach zack zu Ende ist!"

Inzwischen war Ricardo auf Toilette gegangen.

Als er zurückkam, fragte ihn Danielo:

„Wann musst du wieder in Scapezzano auftauchen?"

„Übermorgen."

„Dann pass auf: Ich kann mich erinnern, dass man von der oberen Etage der Villa aus bis nach Senigallia zum Hafen sehen kann. Man hat also freie Schussbahn, wenn man das so nennen kann. Wir brauchen den Makler nur dahin zu locken."

„Oder 'bestellen'! Das übernehme ich."

13

„Hast du im Moment noch Sinn für eine andere Sache?"
„Klar! Was willst du denn wissen?"

Ricardo hatte zwar wenig Ahnung von Chemie und Physik, aber vielleicht konnte ihm sein Bruder einigermaßen verständlich erklären, wie die Maschine im Labor funktionieren sollte.
„Kannst du mir mit wenig Worten erklären, was in der Maschine in eurem Labor abgelaufen ist?"
„Ich werde es probieren", sagte Danielo.
„Die Maschine, mit der ich das Geld gemacht habe, war das offizielle Ziel der Forschungen, nämlich eine neue Art von 3D-Druckern zu entwickeln, mit denen man auch sehr verschiedene Materialien fest verbinden kann. Bei den derzeit üblichen 3D-Druckern wird das feine Pulver, aus denen die Objekte gefertigt werden, so erhitzt, dass es an bestimmten Stellen verschmilzt. Wenn man nachher das restliche Pulver entfernt, bleibt das übrig, was verschmolzen ist und dadurch eine feste Masse bildet."
Ricardo hatte den Erklärungen seines Bruders bis dahin folgen können.
„Wenn ich das richtig verstehe, könnte man dabei verschiedene Pulverarten verwenden, aber nur dann, wenn sie in etwa den gleichen Schmelzpunkt haben."
Danielo nickte.
„Perfekt! Vielleicht sollte ich doch noch Dozent werden. Aber Spaß beiseite. Das ist genau der Punkt. Du kannst unterschiedliche Stoffe nur unter ganz besonderen Bedingungen verwenden."
„Das hattest du sicher am Stammtisch erklärt, um den anderen klar zu machen, dass man mit einem 3D-Drucker kein perfektes Falschgeld machen kann!"
„Genau! Ich habe ihnen gesagt, dass ein Geldschein aus verschiedenen Materialien besteht und ein Teil davon verbrennt, wenn man alles miteinander verschmelzen will!"

„Aber die Polizei hatte dich trotzdem im Visier!"
Danielo lächelte.
„Manchmal haben diese Cops einfach ein gutes Gespür!", sagte
er. „Aber dann sind so Kleinigkeiten ausschlaggebend, wie beispielsweise einen neugierigen Bengel als Sohn zu haben, der
dem Verdächtigen alles erzählt!"
Ricardo lachte.

Danielo goss noch einmal Wein nach, dann setzte er seine
Erklärung fort.
„Zurück zu unserer Erfindung. Wir hatten eine völlig neue
Methode entwickelt: Wir haben eine Vielzahl an Düsen gehabt,
aus denen die unterschiedlichen Materialien kamen, also einen
'Vielfach-Extruder'. Das Pulver haben wir durch feinste Düsen
flach über die Oberfläche geblasen und dabei mit einem
speziellen Laser punktuell von oben auf die Oberfläche
geschossen. Dabei haben sich die einzelnen Teile fest genug
verbunden. Du weißt doch, dass eine dünne Folie oder Styropor
auf der Haut zu kleben scheint. In Wirklichkeit sind die Teile nur
so nah an der Haut, dass keine Luft mehr dazwischen passt und
der Druck der Atmosphäre ausreicht, damit sie wie eine Klette
an dir kleben. Bei uns wurden sie allerdings so stark zusammen-
gepresst, dass sie durch die Reibung hielten."
„Ich verstehe! Das Problem mit der Wärme war damit gelöst.
Aber wieso ist dann euer Labor trotzdem komplett abgebrannt?"
„Das hat damit zu tun, dass wir, eigentlich zufällig, entdeckt
hatten, dass man mit dieser Methode auch Moleküle verändern
kann. Die Kollegen hatten bei einem ihrer Tests dem Laserstrahl zu viel Energie mitgegeben, und da hat er das eine
Material so fest auf das andere geschossen, dass eine punk-
tuelle Kernverschmelzung stattgefunden hat. Gott sei Dank gab
es keine Kettenreaktion. Und es wurde nicht viel Energie frei-
gegeben. Das hätte heftig in die Hose gehen können!
Das war noch vor meiner Zeit und bevor das neue Labor gebaut
wurde."

Bei Ricardo machte es Klick.

„Ich habe einmal davon gehört oder gelesen, dass man für die Energiegewinnung nicht nur Kernschmelze einsetzen kann, wie in einem Atomkraftwerk, sondern auch Kernfusion. Man nennt diese Anlagen, glaube ich, 'Fusionsreaktor'!"

„Stimmt! Wenn Atome verschmelzen, kann dabei ein Elektronenüberschuss entstehen, genau wie bei der Kernspaltung. Man muss den Vorgang aber sehr genau überwachen und äußerst genau arbeiten. Sonst macht es halt 'WUMM'! Vorsichtshalber ist deshalb das neue Gebäude so bunkerartig gebaut worden! Die Entwicklung der Kernfusion ist derzeit aber noch im Laborstadium!"

Danielo fuhr mit seiner Erklärung fort.

„Nachdem also die erste Aufgabe erledigt war, haben wir angefangen zu erforschen, ob man mit einem stärkeren Laserstrahl auch einfache Elemente zu höheren, wertvolleren Elementen umwandeln kann. Unser Professor hatte deshalb auch die Vision, dass wir irgendwann so weit sein werden, Gold künstlich herzustellen!"

Ricardo grinste: „Aber wenn, dann aus Stroh, oder?"

„Jetzt verstehe ich auch, wovor der Herr Ho bzw. seine Auftraggeber Angst hatten", fuhr er fort. „Diese seltenen Erden, wie er sie nannte, wären dann wirklich irgendwann nicht mehr selten und auch in beliebigen Mengen verfügbar. Dann würde sicher nicht nur der Goldpreis total abstürzen, sondern der gesamte Rohstoffhandel würde keine Gewinne mehr bringen!"

„Genau! Und was wäre mit den Goldreserven der großen Notenbanken? Wäre alles nichts mehr wert! Das könnte eine weltweite Krise auslösen."

„Und Geld? Wenn du schon jetzt in der Lage bist, Geld selber zu drucken, dann muss man bald neue Zahlungsmethoden finden."

„Haben wir doch schon", sagte Danielo. „Die Bitcoins sind doch heute schon ein Ersatzzahlungsmittel!"

„Aber ist das schon sicher genug?", sagte Ricardo. „Ich denke, ein 'Bitcoinraub' wäre für Hacker einfacher als ein üblicher Bankraub!"

„Das stimmt!", sagte Danielo. „Klassisch eine Bank zu überfallen ist mittlerweile fast unmöglich. Du kommst doch heute nur noch in eine Bank, wenn du es durch die doppelten Sicherheitsschleusen schaffst. Und wenn du eine größere Menge Bargeld abholen willst, musst du das extra anmelden."

„Dann bleibt uns vielleicht irgendwann nur noch der Tauschhandel, wie in der vorindustriellen Zeit!", sagte Ricardo.

„Aber stell dir vor, du willst ins Kino gehen und schleppst einen Sack Kartoffeln zum Bezahlen mit. Dann sagt dir die Frau an der Kasse, dass sie im Moment so viel Kartoffeln haben, dass sie nicht mehr wissen, wohin damit, und du etwas anderes mitbringen sollst. Dann musst du wieder nach Hause gehen, um einen Sack Reis zu holen!"

Danielo lachte.

„Das sind doch schöne Aussichten!"

Ricardo wollte noch mehr zu der 'Maschine' wissen.

„Habt ihr schon eine Maschine an das Labor von deinem Pa ausgeliefert?"

„Ja, kurz bevor dieser 'Unfall' passiert ist. Ich glaube aber, dass sie die Maschine gar nicht mehr in Dienst genommen haben."

„Das heißt, diese 'dunklen Mächte', von denen er geschrieben hat, haben ihr Ziel erreicht!"

Danielo nickte.

„Aber ich werde die Aufgabe von meinem Pa wohl bald angehen. Das bin ich ihm schuldig!"

„Aber zuerst müssen diese 'dunklen Mächte' ausgeschaltet werden! Sonst wird es dir genau so gehen wie deinem Pa!", sagte Ricardo.

„Da hast du Recht. Aber wir können nicht allein gegen diese Leute bestehen. Und die Unterstützung vom Staat ist auch nicht gerade sehr hilfreich!"

„Wir können aber zumindest ein Zeichen setzen und einen Teil dieser Leute ausschalten, vielleicht die, die in unserer Umgebung aktiv sind. Alfredo wird uns hoffentlich genug Daten liefern, und mit den Waffen, die du gebaut hast, können wir sicher einiges erreichen."

„Alles klar!", sagte Danielo. „Ich glaube, wir sollten zuerst die Sache mit dem Makler angehen!"
„O.K.!"

Ein paar Tage später kam bei der 'casa onorata' ein anonymer Brief an. Gerichtet an Umberto Strozzino.
Jemand hatte geschrieben:

> Ich habe dich bei deiner Untat in Sant'Angelo beobachtet. Wenn du nicht willst, dass die Bullen einen Augenzeugen haben, dann komm am Mittwoch um 9 Uhr zur Penelope-büste im Hafen.
> Bring 100.000 Euro mit. In kleinen Scheinen, unsortiert und unmarkiert.
> Sei pünktlich und komm allein!

Strozzino rief sofort seinen Freund bei der Stato an.
„Jemand versucht, mich zu erpressen. Angeblich hat er mich bei der Sache mit der Alten beobachtet. Am Mittwoch soll eine Geldübergabe stattfinden. Was soll ich tun?"
Rialzato überlegte nicht lange.
„Ich werde persönlich kommen und ein paar Kollegen mitbringen, die das gesamte Umfeld überwachen. Der Kerl wird uns nicht durch die Lappen gehen!"

14

Ricardo hatte sich wieder gemeldet.

„Mein Auftraggeber hat dem Makler eine Falle gestellt. Er hat einen Augenzeugen erfunden, der ihn erpresst. Der Makler soll am Mittwoch um Punkt neun Uhr im Hafen an der Penelope sein, um ihm Schweigegeld zu zahlen. Du kannst doch sicher herausfinden, ob Strozzino darauf reinfällt, oder?"

„Klar!", sagte Alfredo. „Ich schau mal nach, ob ich eine passende Tonaufzeichnung habe. Ruf mich heute Abend noch einmal an!"

Alfredo war schnell fündig geworden.

Als Ricardo am Abend wieder anrief, sagte er:

„Strozzino wird pünktlich da sein. Aber er wird nicht alleine sein; sie haben verabredet, dass Rialzato in der Nähe ist und den Erpresser festnimmt, wenn die Geldübergabe stattgefunden hat."

Ricardo war zufrieden.

„Mein Auftraggeber verdächtigt Rialzato, dass er neben seinem Job bei der Stato noch andere Sachen macht, die nicht ganz legal sind! Vielleicht stecken er und Strozzino unter einer Decke!"

„Das sehe ich auch so", sagte Alfredo. „Strozzino hat Rialzato den Auftrag gegeben, dass das Ergebnis seiner Ermittlungen im Fall der Alten in Sant'Angelo ein Unfall sein soll! Egal, wer dein Auftraggeber ist; ich wünsche ihm viel Erfolg!"

Ricardo hatte die Stelle am Hafen ausgesucht, wo die Penelope-Büste stand. Wenn man von hier aus in Richtung Sant'Angelo schaute, sah man das leicht ansteigende Gelände hinter der Uferzone, man konnte sogar sehen, dass oben eine Ortschaft war. Einzelne Häuser konnte man allerdings nur erkennen, wenn man ein gutes Fernglas hatte. Im Gegenzug konnte man mit einem guten Fernglas von Sant'Angelo aus den Hafen sehen, sogar die Penelopebüste war zu erkennen.

Rialzato hatte den Makler abgeholt und war mit ihm über die Banchina di levante bis zu dem Haus gefahren, auf dem der Leuchtturm untergebracht war. Zwei Kollegen Rialzatos blieben im Wagen sitzen, während er und Strozzino nach vorn bis zur Penelopebüste gingen.

„Drüben am Strand habe ich auch noch zwei Männer postiert", sagte Rialzato. „Wenn der Kerl versucht, dahin abzuhauen, hat er keine Chance. Wenn er nicht in den Misa springt, muss er hier vorbei. Und dann haben wir ihn!"

„Hast du auch bedacht, dass er mit einem Boot übers Meer kommen könnte?", fragte der Makler.

„Ich habe die Kollegen von der Küstenwache informiert. Wenn nötig, sind sie auch schnell vor Ort!"

„Dann warten wir mal, wer kommt!"

Inzwischen hatte sich Ricardo herangezoomt und die Spezialbrille aufgesetzt.

‚Irre', dachte er. Ohne die Spezialbrille sah alles ganz normal aus, aber mit ihr konnte er einen hellen Punkt an der Büste erkennen. Er verstellte das Gerät langsam, bis der helle Punkt an der Schläfe des Maklers angekommen war. Er drückte auf den Auslöser und für einen Sekundenbruchteil war ein heller Lichtstrahl zu sehen.

„Au!", sagte Strozzino, fasste sich an die Schläfe und brach zusammen. Rialzato beugte sich über ihn und sah, dass sich auf der Schläfe ein Bluttropfen gebildet hatte. Er stand wieder auf und schaute in alle Richtungen. Er hatte keinen Schuss gehört und keine Ahnung, was gerade passiert war.

Der eine Kollege hatte in Richtung der Via Bovio geschaut, während Stagnaio in Richtung seines Chefs geschaut hatte.

„Was ist denn da los?", rief auf einmal Stagnaio, der gesehen hatte, wie Strozzino zu Boden gegangen war.

Sein Kollege Guardano sprang aus dem Wagen und lief in Richtung der Penelopebüste. Stagnaio hatte das Telefon genommen und rief auf der Wache und den Notdienst an.

Ricardo baute das Gerät wieder ab.
Alfredo bekam eine SMS:
'Strozzino erledigt. Mord gerächt.'
Er schaute auf den Absender:
'Unbekannt', meldete ihm sein Smartphone.
‚Auf was habe ich mich da eingelassen?', fragte sich Alfredo.
Was konnte er jetzt noch an der Sache ändern? Nichts!
‚Da muss ich jetzt wohl durch!', dachte er.

Währenddessen hatten die Männer von der Stato in der Umgebung nach verdächtigen Personen geschaut, aber niemanden gesehen. Nur ein paar Touristen liefen herum, im Jachthafen war es sehr ruhig, weil seit Tagen kaum Wind war, und am Strand war es auch ruhig.

Inzwischen war der Notarzt gekommen und untersuchte Strozzino.
„Da ist nichts mehr zu machen", sagte er.
„Ich habe keinen Schuss gehört", sagte Rialzato. „Können sie feststellen, was ihn am Kopf getroffen hat?"
Der Notarzt schüttelte den Kopf.
„Das sieht nicht wie ein Einschussloch aus; einfach nur eine offene Stelle, aus der es blutet. Wenn es ein Schuss war, muss die Kugel noch im Schädel stecken. Sie ist auf keinen Fall hinten wieder herausgekommen; das sähe ich! Aber für eine Kugel ist das Loch eigentlich viel zu klein, es sei denn, es gäbe inzwischen Pistolenkugeln mit weniger als zwei Millimeter Durchmesser!"
„Die gibt es meines Wissens nicht", sagte Rialzato.
„Wie kann denn eine solche Verletzung sonst entstehen?"
„Durch direkte Gewalteinwirkung! Wissen sie, wenn man in einen dicken Nagel getreten hat und den Nagel wieder herauszieht, dann sieht das so ähnlich aus. Nur ist hier kein Nagel zu sehen. Es braucht schon viel Kraft, um die Schädeldecke zu durchdringen. Aber wenn ihm jemand etwas in den Schädel gerammt hätte, hätten Sie das doch mitbekommen! Rätselhaft!"

Auch die Autopsie am nächsten Tage brachte kein brauchbares Ergebnis. Strozzino hatte ein Loch im Kopf, und niemand konnte erklären, wo es her kam!

Der Fall war wieder ein gefundenes Fressen für die Boulevardpresse, und die Spekulationen über diesen Mordfall füllten Seiten.
Danielos Erfindung hatte ihre Erwartungen voll erfüllt.
Die einzige Spur, die Rialzato und seine Kollegen noch verfolgten, war der Erpressungsversuch. Aber es war zwecklos.
Der Erpresserbrief war in einen normalen Briefkasten in Senigallia geworfen worden, und auch das Papier und der Druck wiesen keinerlei Besonderheiten auf. Fingerabdrücke gab es auch nicht, nur fanden die Kollegen im Labor heraus, dass der Erpresser einfache Arbeitshandschuhe getragen hatte, die es in jedem Baumarkt gab.
Wenig überrascht waren Rialzato und seine Kollegen auch, dass sie keinen Zeugen der Tat in Sant'Angelo fanden.
Das Ablenkungsmanöver mit dem fingierten Überfall auf die Postfiliale hatte perfekt funktioniert.
Der angebliche Augenzeuge blieb genauso unbekannt, wie der Mörder des Maklers.

15

Ricardo hatte Leguleio besucht und ihm die Urkunde gezeigt, die Ho ihm gegeben hatte.

„Reicht das, um dem Makler klar zu machen, dass das Mietshaus nicht ihm, sondern mir zusteht und er noch einige Euros Mieteinnahmen an meinen Bruder zahlen müsste, die jetzt nach seinem Tod mir zustehen?"

„Das ist zwar nicht ganz einfach", sagte Leguleio. „aber ich denke, es könnte klappen. Das wird aber ein paar Wochen dauern!"

Ein paar Tage später besuchte Leguleio die 'casa onorata', um mit dem Chef Ricardos Ansprüche zu besprechen.

Impostore bat ihn in sein Büro.

„Ich habe gehört, dass es um den Fall Spettro geht. Stimmt das?"

„Genau", sagte Leguleio. „Mein Mandant hat Unterlagen, mit denen er sich als rechtmäßiger Erbe des verstorbenen Danielo Spettro ausweisen kann."

Dann pokerte er etwas:

„Außerdem habe ich eine Kopie des Vertrages, den Spettro seinerzeit mit Ihnen wegen der Verwaltung des Mietshauses geschlossen hat. Demnach geht das Objekt keinesfalls in Ihren Besitz über, wenn er verstorben ist, sondern ist an seine Erben zu übergeben. Und die Mieteinnahmen der letzten Monate stehen ihm auch zu!"

„Nun", sagte Impostore, „da steht dann wohl Aussage gegen Aussage. Bringen Sie mir die Unterlagen, dann können wir darüber reden."

„Werde ich tun", sagte Leguleio und verabschiedete sich.

Impostore ging zu einem seiner Mitarbeiter.

„Bassotto, ich habe einen Auftrag für Sie. Dieser Anwalt hat Unterlagen, die uns viel Geld kosten können. Und die müssen schnellstmöglich verschwinden!"

Bassotto hatte verstanden:

„Also soll ich möglichst noch heute Nacht bei diesem Leguleio Unterlagen klauen. Welche denn?"

„Es handelt sich um einen Verwaltungsvertrag, in dem wir vereinbart haben, dass wir uns um ein Mietshaus eines gewissen Herrn Danielo Spettro kümmern. Ich könnte mir denken, dass er so wichtige Dokumente im Tresor hat."

„O.K., wird erledigt!"

Als Leguleio am nächsten Morgen zu seinem Büro kam, sah er, dass die Carabinieri vor dem Haus standen.

„Was ist los?", fragte er Caporione.

„Als eben ihr Angestellter kam, sah er, dass die Eingangstüre aufgebrochen war. Er ist in den Flur gegangen und hat sofort gesehen, dass hier jemand ziemlich viel Durcheinander gemacht hat."

„Kann ich rein?", fragte Leguleio.

„Einen Moment noch", sagte Caporione. „Ich muss zuerst die Kollegen fragen, wie weit sie sind."

Er ging ein paar Meter in den Flur hinein und passte dabei auf, dass er nichts berührte.

„Kann der Anwalt reinkommen?", rief er dann.

„Ja", kam zurück, „wir sind soweit fertig!"

Leguleio und Caporione gingen durch den Flur zu den Büros.

„Mein Gott!", sagte der Anwalt. „Das sieht ja schlimm aus!"

Die Einbrecher hatten wohl nach bestimmten Unterlagen gesucht. Dabei hatten sie alle Ordner aus den Regalen genommen, durchgewühlt, und nachher auf den Boden geschmissen.

„Sie haben anscheinend nicht das gefunden, was sie gesucht haben!", sagte einer der Polizisten. „Dann sind sie an den Tresor gegangen, konnten ihn aber nicht öffnen. Was sie dann gemacht haben, sehen sie ja!

Die Einbrecher hatten einen Winkelschleifer mit, haben rund um den Tresor die Wand aufgeschlitzt und ihn dann mit Gewalt herausgerissen."

„Macht das nicht einen Höllenlärm?", wollte Leguleio wissen.

„Diese Ganoven haben Tricks, mit denen die den Lärm in Grenzen halten", sagte Caporione. „Und wenn nötig machen sie in der Umgebung soviel Lärm, dass man von ihrem Tun kaum etwas mitbekommt! Und hier, in der Nähe der Bahn und der Hauptstraße, reicht es manchmal schon, wenn sie ein paar Motorräder heulen lassen."

„Nicht nur das", sagte Leguleio. „Ich habe selber schon erlebt, dass in der Nachbarschaft eine Alarmanlage losging. Aber meinen Sie, das hätte jemand interessiert?"

„Jedenfalls haben sie den Tresor heraus geholt. Anscheinend haben sie ihn aber nicht aufbrechen können und deshalb mitgenommen."

„Ich könnte mir schon denken, wer dahinter steckt", sagte Leguleio. „Aber ich glaube nicht, dass wir eine Chance haben, ihm das nachzuweisen. Sie wissen schon warum?"

„Rhetorische Frage, nehme ich an", sagte Caporione. „Das alte Lied! Ich glaube nicht, dass der Tresor jemals wieder auftaucht!"

„Die wichtigsten Dokumente habe ich eh extern untergebracht", sagte Leguleio. „Aber es waren doch ein paar Sachen drin, die ich, bzw. meine Klienten vermissen werden!"

„Machen Sie sich nicht allzu viel Hoffnung", sagte Caporione. „Diese Typen sind in der Regel sehr gewissenhaft!"

16

Mario und Francesco[1] hatten die Hoffnung, in den alten Stollen doch noch die legendäre Goldader zu finden, nicht aufgegeben. Sie hatten schon über einige Ideen gesprochen, wie sie vielleicht doch noch in die Gänge kommen könnten, die unter Wasser standen. Oberhalb der Grundwasserlinie hatten sie inzwischen jede Ecke der alten Mine untersucht, aber ohne Erfolg.

„Irgendwo muss es doch noch wenigstens einen größeren Raum geben, wo früher Erze abgebaut wurden", hatte Mario gesagt.

„Die Gänge allein können doch nicht alles gewesen sein!"

Francesco hatte vorgeschlagen, seinen Großonkel Matteo zu fragen, ob er vielleicht wüsste, wo die Arbeiter damals die Hauptfunde gemacht hatten.

Gesagt getan.

Matteo erzählte den beiden, was er wusste:

„Den See gab es damals noch nicht. Man hatte dort jahrelang Kies und Sand abgebaut, und dabei eine Höhle entdeckt, die einige Meter tiefer lag, als euer Eingang heute. In der Höhle hatten die Männer damals Erze gefunden; etwas Silber, Kupfer und solche Sachen. Aus den Gängen hatten sie auch senkrechte Schächte nach oben in den Berg geschlagen, über die sie die Höhle entlüften konnten. Man hatte damals ja noch keine Taschenlampen, wie ihr sie heute habt, sondern Grubenlampen, die mit offener Flamme arbeiteten. Deshalb war es wichtig, dass die Gruben eine gut funktionierende Lüftung hatten."

Mario hatte auch schon von solchen Lampen gehört und sagte:

„Die Männer wären doch sonst in den Gruben erstickt!"

„Genau so ist es", antwortete Matteo.

„Als man diese senkrechten Schächte aus dem Fels gehauen hat, hat man auch wieder Stellen entdeckt, wo es Erze gab, und dort neue Querstollen angelegt. Das sind die Gänge, durch die ihr heute noch gehen könnt. Es hat sich aber nicht wirklich

---

1 Mario und Francesco sind zwei Schüler, die in den alten Stollen nach einer noch nicht entdeckten Goldader suchen - siehe „Das Projekt Duplo - Der Beginn

gelohnt. Später wurde auch kein Kies und Sand mehr abgebaut, und das Loch hat sich über die Jahre mit Wasser gefüllt, so dass der See entstanden ist."

„Aber wo sind dann die Stellen, an denen die Männer jahrelang Erze abgebaut haben? Die müssen doch auch irgendwo noch sein!", sagte Francesco.

Matteo lachte.

„Klar gibt es solche Stellen noch, aber da könnt ihr nie ran, es sei denn, ihr lernt tauchen und seid lebensmüde!"

„Hab' ich dir doch schon ein paar Mal gesagt", sagte Francesco zu Mario. „Tauchen müssten wir können!"

„Stell dir das nicht so einfach vor", sagte Matteo.

„Wenn du tauchen willst, musst du entweder einen langen Schlauch hinter dir herziehen, durch den du Luft holst, was aber nur bei kurzen Strecken klappt, oder du musst einen Sauerstofftank auf dem Rücken mit dir schleppen. Diese Tanks sind groß und schwer, und ob du mit so einem Tank auf dem Rücken durch die schmalen Gänge kommst? Ich glaube nicht!"

„Mir hat einmal ein Junge in der Schule erzählt, dass sein Opa sich sicher ist, dass es da unten noch eine unentdeckte Goldader gibt. Stimmt das?", fragte Francesco.

„Das glaube ich nicht", sagte Matteo. „Wenn es da unten Gold gäbe, dann hätte ich das gehört. Ein paar Silberklumpen hat man gefunden, aber Gold nie."

Die beiden Jungen waren aber noch nicht zufrieden.

„Du hast uns immer noch nicht gesagt, wo die großen Erzadern waren", sagte Francesco.

„Ach ja", sagte Matteo, „ich war mit meinen Gedanken etwas abgeschweift. In den Gängen, die unter denen liegen, die ihr kennt, gibt es eine Stelle, durch die du in den See gehen könntest. Aber nur, wenn du unter Wasser atmen kannst. Und auf der anderen Seite von dem See könntest du in dem gleichen Gang weitergehen. Ich weiß aber nicht, ob die Stellen mit den Erzadern da waren, wo heute der See ist. Es wäre möglich, dass sie auf der anderen Seite vom See waren. Aber wenn ja, dann steht auch da alles unter Wasser!"

„Meinst du, dass die Leute, als sie den See ausgebaggert haben,
die alten Stollen gleich mit weggebaggert haben?"
„Das kann sein", sagte Matteo. „Ich kenne aber auch keinen
mehr, der damals dabei war. Das ist so lange her - die Leute
sind wahrscheinlich alle schon im Himmel!"

Das war vor einer Woche gewesen. Jetzt saßen die Jungen an
ihrem Treffpunkt am Seeufer, und ließen die Beine baumeln.
„Hörst du das?", fragte Francesco plötzlich.
„Hört sich an, als wenn da oben hinter dem See der Bauer auf
seinem Acker herumfährt."
„Aber das ist kein Traktor", sagte Mario. „Das hört sich eher wie
ein Lieferwagen an."
„Was soll denn ein Lieferwagen da oben machen?", fragte
Francesco.
Kurz drauf sahen die Jungen, dass zwei dunkel gekleidete
Männer einen Gegenstand an die Stelle geschleppt hatten, wo
der Hang steil zum See abfiel. Sie begannen zu flüstern.
„Was machen die da?", fragte Mario aufgeregt.
Die Männer hatten den dunklen Klotz bis an die Kante
geschoben, dann kippten sie ihn nach vorne um, und er fiel
nach unten. Er traf einen kleinen Vorsprung an der Felswand,
wodurch er etwas nach vorne sprang, dann fiel er mit einem
lauten Platschen in den See. Zuerst breiteten sich kreisrunde
Wellen aus; kurz darauf war der See wieder glatt, und auf der
dunkelblauen Oberfläche spiegelte sich die Steilwand.
Die beiden Männer waren schon wieder verschwunden, und die
Jungen hörten, dass der Wagen wegfuhr.
„Also, ein alter Kühlschrank war das nicht", sagte Mario.
„Was kann das gewesen sein?"
„Ich glaube, ich weiß es", sagte Francesco.
„Was denn? Erzähl schon", sagte Mario.
„Als ich heute Morgen mit meinem Vater beim Frühstück saß,
wurde in den Nachrichten gemeldet, dass in der Nacht in
Senigallia bei einem Rechtsanwalt eingebrochen worden ist, und
dass die Diebe einen Tresor aus der Wand gerissen und

mitgenommen haben. So wie das Ding aussah, das die Männer in den See geworfen haben, könnte es der Tresor gewesen sein!"

„Meinst du?"

„Klar! Der Rechtsanwalt hatte in dem Tresor vielleicht Briefe oder andere Unterlagen, die einer loswerden wollte, eh dass sie als Beweise gegen ihn verwendet werden! Das wurde in den Nachrichten auch gesagt."

„Und jetzt?"

„Wie hieß noch der Chef von den Carabinieri? Der war doch richtig nett! Ich glaube, wenn wir zu ihm gehen, dann glaubt er uns die Geschichte auch ohne die Mithilfe vom Pfarrer."[1]

Mario und Francesco waren die Strada di San Gaudenzio hinunter gefahren, dann an der SS360 entlang und durch Senigallia bis zur Via Marchetti. Sie fuhren in den Innenhof und stellten ihre Räder ab.

Nanonaso war erstaunt, als die beiden hereinkamen. Der eine Junge steuerte gleich auf seinen Platz zu und sprach ihn an:

„Ciao, wir wollen euch bei einem schwierigen Fall helfen!"

Mario war auch der Name des Chefs der Carabinieri wieder eingefallen und er legte nach:

„Wir kennen euren Chef, den Caporione gut. Ist er da?"

„Ja, der ist da. Ich hole ihn!", sagte Nanonaso verblüfft.

Francesco grinste Mario an.

„So muss man mit denen reden!"

Caporione kam herein, sah die beiden und sagte:

„Na, habt ihr jetzt doch eine Leiche in der Höhle gefunden?"

Mario lachte.

„Nein, aber wir haben etwas beobachtet, das ist bestimmt genauso interessant, wie die Sache mit dem Mann in der Höhle letztes Jahr."

Caporione ließ die Jungen Platz nehmen.

„Was gibt es denn diesmal?"

„Mein Vater und ich haben in den Nachrichten von dem

---

1   Die Jungen hatten sich an den Pfarrer gewendet, als sie beobachtet hatten, dass der falsche Polizist Ricardo töten wollte, und ihn in ihrer 'Höhle' eingeschlossen hatte - s. Das Projekt Duplo - Der Beginn

geklauten Tresor gehört.“

Caporione wurde neugierig.

„Meinst du den Tresor, der bei dem Rechtsanwalt gestohlen wurde?“

„Genau den! Und ich glaube, ich kann euch sagen, wo der Tresor jetzt ist!“

Mario erzählte Caporione, dass sie beobachtet hatten, wie die Männer den Gegenstand in den See geworfen hatten, und dass er glaube, dass das der Tresor gewesen sein könnte.

„Das klingt ziemlich gut“, sagte Caporione, „und das wäre nicht das erste mal, dass Diebe Sachen in Seen oder ins Meer schmeißen. Wir haben in Seen schon einiges gefunden, wo die Diebe sich sicher waren, dass es nie wieder gefunden wird! Und wenn man sieht, was alles an den Küsten angeschwemmt wird…“

Er dachte ein wenig nach, dann hatte er einen Entschluss gefasst. Er kannte doch viele Leute, und darunter war natürlich auch Manichetta, der Chef der Berufsfeuerwehr.

Er griff zum Telefon, klingelte ihn an und stellte das Telefon auf laut, so dass die Jungen mithören konnten.

„Ciao Roberto, Lucca hier. Ich hätte einen außergewöhnlichen Einsatz für dich!“

„Außergewöhnlich, sagst du? Was gibt es denn?“

„Du hast vielleicht gehört, dass bei einem Rechtsanwalt der Tresor geklaut wurde. Hier sitzen gerade zwei clevere Jungs, die beobachtet haben, wie der Tresor in den kleinen See oben an der Gaudenzio geworfen wurde.“

„Wie ich dich kenne, sollen wir den See jetzt leer pumpen, damit ihr den Tresor da rausholen könnt.“

„Genau. Meinst du, das geht?“

Einen kurzen Moment war Ruhe, während der Feuerwehrchef nachdachte.

Dann sagte er:

„Wenn wir das Wasser über den kleinen Damm zu der Kiesgrube pumpen, die etwas unterhalb liegt, dann müsste das Wasser von da aus ungehindert in Richtung Borgo Passera und dann in den Misa laufen können. Das sollte klappen!“

„Was meinst du, wie lange das dauert?"

„Der See da oben ist zwar nicht sehr groß, aber er ist ziemlich tief. Das wird schon ein paar Tage dauern."

„Egal, Hauptsache, ihr macht es. Also, wann legt ihr los?"

„Wenn du willst, fangen wir morgen an!"

„Super!"

Caporione legte auf und sagte zu den Jungen:

„Wenn ihr mich reingelegt habt, und nur wollt, dass wir den See leer pumpen, damit ihr in die anderen Stollen kommt, dann gibt's aber Ärger!"

Mario schaute Francesco erstaunt an.

„Daran habe ich gar nicht gedacht!"

Francesco war auch überrascht.

„Also, Sie können uns glauben, dass wir uns das nicht einfach ausgedacht haben. Auf die Idee wäre ich gar nicht gekommen, wenn Sie das jetzt nicht gesagt hätten!"

„Na, dann bin ich ja beruhigt!", sagte Caporione.

Die beiden Jungen verabschiedeten sich, setzten sich auf ihre Räder und fuhren wieder in Richtung Heimat.

Als sie sich vor Francescos Haus verabschiedeten, fragte Mario:

„Was meinst du, wie lange es dauert, bis der See nachher wieder voll ist?"

„Das kommt darauf an, wie viel es regnet. Das kann Wochen dauern, aber wenn es mal einen richtig starken Regen gibt, wie bei einem Gewitter, dann kann der See auch in ein paar Stunden wieder voll sein."

„Dann sollten wir genau aufpassen, wann die Feuerwehr den See leer gepumpt hat, und uns dann beeilen. Vielleicht finden wir die Goldader ja doch noch!"

Mario schlief sehr gut.

Und er träumte auch sehr gut.

Leider waren die riesigen Goldklumpen, die er in der Höhle gefunden hatte, weg, als er am Morgen aufwachte.

17

Weil Ferien waren, konnten Mario und Francesco immer wieder zum See fahren, um zu beobachten, wie weit die Feuerwehr bei ihrem Einsatz gekommen war. Es war wirklich sehr viel Wasser, das weggepumpt werden musste.

Inzwischen war das Seeufer schon etwa fünf Meter tiefer, als zu Beginn der Aktion, und immer noch war kein Ende in Sicht.

Auch unter der alten Oberfläche verliefen die Wände noch fast senkrecht, nur an der Nordseite, wo die Feuerwehr den Schlauch zu den alten Kiesgruben gelegt hatte, war das freigelegte Ufer weniger steil.

Caporione war vorbeigekommen. Weil die Jungen sich sicher waren, dass er nichts dagegen hatte, dass sie die Aktion beobachteten, hatten sie sich an einer ungefährlichen Stelle am Seeufer hingesetzt. Als er Mario und Francesco sah, ging er auf sie zu.

„Na, was meint ihr, finden wir den Tresor bald?"

„Ich hoffe es", sagte Mario. „Es wäre mir wirklich sehr unangenehm, wenn ihr den ganzen See leer pumpt und dann doch nichts findet!"

„Das wäre nicht für uns unangenehm, sondern dann würde es auch für euch unangenehm", sagte er. „Dann müsst ihr nämlich den Feuerwehreinsatz von eurem Taschengeld bezahlen!"

Mario und Francesco waren erschrocken.

„Was kostet denn so etwas?", fragte Mario.

„Ein paar tausend Euro auf jeden Fall", sagte Caporione und wartete die Reaktion der Jungen ab.

„Das können wir aber nicht bezahlen", sagte Francesco entgeistert.

Caporione lachte.

„Reingefallen!"

Dann fügte er hinzu:

„Keine Angst, war ein Scherz. Wenn jemand einen Einsatz auslöst und dabei nicht lügt, sondern es wirklich ernst meint, dann kann man ihm nichts ankreiden."

Zwischendurch war auch ein Geologe gekommen, der prüfte, ob die Wände, jetzt, wo sie nicht mehr vom Wasser gestützt wurden, noch stabil genug waren. Aber bis auf die eine, flachere Seite bestanden die Wände fast nur aus Fels, der sehr stabil zu sein schien.

Caporione hatte auch einen Fachmann mit einem wasserfesten Metalldetektor kommen lassen. Der hatte den Detektor von einem Schlauchboot aus an einer Schnur ins Wasser gelassen und ein Signal bekommen.

„Da unten ist auf jeden Fall ein großer Gegenstand aus Metall", sagte er. „Ich denke, wenn die Feuerwehr so weiter macht, dann kann man das Ding bald sehen! Aber wenn wir Pech haben, dann ist das kein Tresor, sondern eine alte Waschmaschine oder so etwas. Wir haben auf dem Grund eines Sees auch schon einmal einen kleinen Bagger gefunden, der den Arbeitern hinein gefallen war, und der nicht genug wert war, um ihn mit viel Aufwand wieder heraus zu holen. Warten wir mal ab."

Caporione sprach kurz mit dem Feuerwehrmann, der das Abpumpen beaufsichtigte, dann kam er wieder zu den Jungen.

„Er sagt, sie brauchen noch ein paar Tage."

Zwei Tage später machte Francesco, der ein Fernglas mitgebracht hatte, um sich die frei gewordenen Wände genau anzusehen, eine Entdeckung.

„Mario, da drüben, unter unserem Eingang sehe ich ein Loch! Ob das der Gang ist, von dem mein Großonkel erzählt hat?"

Er gab Mario das Fernglas und der schaute hinüber.

„Du hast Recht. Da ist ein Loch zu sehen, und wenn ich mich nicht täusche, dann geht das unten im Wasser weiter!"

Er schaute jetzt auch noch auf die gegenüberliegende Seite.

„Das drüben ist auch etwas zu sehen. Ich glaube, es dauert nicht mehr lange, dann sind die Stollen auf beiden Seiten wieder frei!"

Es dauerte tatsächlich noch zwei ganze Tage, dann waren auf beiden Seiten des Sees etwa zwei Meter hohe Stollen zu sehen, die in den Berg führten.

Mario und Francesco sahen aber ein Problem: Beide Stellen waren nur vom Wasser aus zu erreichen, weil die Wände ringsherum sehr steil waren.

„Vielleicht wird ja noch so viel abgepumpt, dass man von der Nordseite, da, wo es nicht so steil ist, bis zu den Stollen kommt", sagte Francesco.

„Das wäre gut", sagte Mario, „sonst müssen wir uns auch noch ein Boot besorgen!"

Aber sie hatten Glück. Als sie am Tag drauf am Nachmittag wieder zum See kamen, konnte man sehen, dass der Seegrund an ein paar Stellen nur noch knapp unter der Wasseroberfläche lag. Und in einer der tieferen Stellen konnte man jetzt auch schon den Gegenstand sehen, den die Männer in den See geworfen hatten. Es war tatsächlich ein Tresor. Es gelang den Feuerwehrleuten, ein starkes Tau um den Tresor zu ziehen und ihn mit einer Winde aus dem Wasser zu holen.

Caporione sah sich den Tresor sofort genau an.

„Das ist wirklich ein guter Tresor", sagte er und zeigte den Jungen die Stellen, an denen jemand versucht hatte, ihn mit Gewalt zu öffnen. Aber der Tresor hatte gehalten.

„Wenn wir Glück haben, dann ist der Tresor so dicht", sagte Caporione, „dass die Dokumente, die darin aufbewahrt wurden, nicht einmal nass geworden sind. Ich denke, dass der Anwalt heilfroh ist, dass der Tresor wieder da ist. Er hat mir gesagt, dass er darin wichtige Dokumente hat, unter anderem welche, die auch für die Staatspolizei sehr interessant sein könnten!"

„Warum hat er denen die Unterlagen dann nicht gleich gegeben?", wollte Francesco wissen.

„Das darf er nicht", sagte Caporione. „Er darf sie erst herausgeben, wenn der Staatsanwalt die Unterlagen bei ihm anfordert. Deshalb haben wir von der Polizei es oft so schwer."

Er wollte sich schon in Rage reden, aber er ließ es. Die Jungen waren bestimmt noch nicht so weit, dass sie solche Dinge verstanden, und er hatte den Glauben an die Gerechtigkeit auch schon fast verloren. Die Verbrecher, die sich nicht an die Gesetze hielten, machten, was sie wollten, und ihnen bei der

Polizei waren in vielen Fällen einfach die Hände gebunden.
So war das halt mit der Rechtsstaatlichkeit!

Als Caporione wieder auf der Wache war, rief er sofort Leguleio an.
„Können Sie in etwa einer Stunde vorbeikommen? Wir haben einen Tresor aus dem See gefischt. Ich nehme mal an, dass das Ihrer ist. Ach ja, bringen Sie den Schlüssel mit. So wie ich das eben gesehen habe, ist er noch unversehrt, und vor allem scheint er kein Wasser abbekommen haben.“

Kurz darauf kam der Wagen in den Hof gefahren, auf den sie den Tresor geladen hatten, nachdem die Feuerwehr ihn aus dem See gezogen hatte.
Ciccione und Burattino trugen ihn rein und setzten ihn auf den leeren Tisch in der Ecke. Der Tisch knarrte ein wenig, aber er hielt dem Gewicht stand.
Dann kam der große Augenblick.
Leguleio schloss den Tresor auf - nicht ein Tropfen Wasser hatte den Weg ins Innere gefunden.
„Ich überlege gerade, wo ich den Tresor jetzt hin bringe; es muss ein Ort sein, wo er sicher ist. Sonst kommen diese Verbrecher wieder, und, wenn sie ihn sich noch einmal ausleihen, dann finden wir ihn bestimmt nicht noch einmal wieder!“
Caporione überlegte, ob er dem Anwalt einen sicheren Ort anbieten konnte.
„Wie lange wird es dauern, bis Sie Ihre Räumlichkeiten so weit hergerichtet haben, dass Sie den Tresor wieder einbauen lassen können?“
„Das kommt darauf an, was Sie mir empfehlen, damit er nicht wieder aus der Wand herausgerissen werden kann!“
Caporione dachte ein wenig nach.
„Bei älteren Gebäuden, wo die Decken noch auf Holzbalken liegen, hat man an der Außenwand Anker angebracht. Schauen Sie sich mal das ehemalige Kloster in Scapezzano an; dort haben die Mönche das damals auch gemacht. Ich glaube, wenn Sie den

Tresor ähnlich sichern, dann wird ihn so schnell niemand mehr klauen.“

„Ich spreche mal mit meinem Bauunternehmer drüber“, sagte Leguleio. „Aber das wird ein paar Tage dauern!“

„Dann mache ich Ihnen jetzt ein Angebot. Aber bitte nicht weitersagen. Wir stellen den Tresor für ein paar Tage in eine der Arrestzellen im Keller. Da ist er sicher!“

Er rief Ciccione zu sich und fragte ihn, ob das möglich wäre.

Ciccione schaute zuerst fragend zu Smemorato und grinste.

Smemorato guckte ihn böse an.

„Nein“, sagte er, „es ist niemand da unten!“

Caporione grinste ebenfalls, aber er unterließ es, Leguleio über den Vorfall mit dem Schwarzen vor knapp zwei Jahren aufzuklären.[1]

Smemorato nahm den Schlüssel für die Arrestzellen und ging zur Treppe.

„Geh’ du aber vor“, sagte er zu Ciccione. „Am Ende lässt du den Tresor noch fallen!“

Leguleio bedankte sich bei Caporione und sagte: „Ich werde gleich Morgenfrüh kommen und ein wichtiges Dokument rausholen!“

„Um was geht es denn?“, fragte Caporione.

„Das kann ich Ihnen leider nicht sagen“, sagte Leguleio.

„O.K.“, sagte Caporione. „Dann bis morgen.“

---

[1]   Smemorato hatte ihn in der Arrestzelle vergessen – siehe „Das Projekt Duplo – Der Beginn“

18

Als Mario und Francesco am nächsten Tag wieder an den See kamen, rollte ein Feuerwehrmann gerade den Schlauch auf, den sie über den Damm zu den alten Kiesgruben gelegt hatten.

„Tja Jungs", sagte er zu den beiden, „so sieht ein See aus, wenn er fast leer ist. Ich hoffe, dass es darin keine Fische gab. Das wäre für sie schlecht gewesen, so fast ganz ohne Wasser. Aber vielleicht haben sie sich in eine der tiefsten Stellen zurückgezogen."

„Was meinst du denn, wie lange es dauert, bis der See wieder voll ist?", fragte Mario.

„Bei dem wenigen Regen, den wir hier haben, wird das einige Wochen dauern, wenn nicht sogar Monate. Aber wenn ihr euch hier herumtreiben wollt, dann solltet ihr auf der Hut sein. Manchmal kommt bei einem Gewitter richtig viel Wasser runter. Und wenn sich ein Gewitter genau hier austobt, kann der Wasserspiegel in dem See sehr schnell ansteigen. Das wird dann richtig gefährlich!"

„Ich frage mich, warum das Wasser nicht bis hier hin reicht, wo es in die Kiesgruben nebenan ablaufen kann", sagte Francesco.

„Ich habe mal zu Hause das Wasser zu lange in die Badewanne laufen lassen. Mein Vater hat geschimpft. Er sagte, dass unsere Badewanne Gott sei Dank einen Überlaufschutz hat und deswegen nicht das Badezimmer unter Wasser stand."

Er zeigte auf den Durchgang zu den Kiesgruben.

„Wenn ich das richtig verstanden habe, dann müsste der See doch bis da oben gehen."

Der Feuerwehrmann lächelte.

„Du scheinst ein schlaues Kerlchen zu sein. Klar! Der kleine See hier ist wie eine Badewanne mit höheren Stellen ringsherum. Aber er hat auch einen Abfluss. Komm mal ein kleines Stückchen mit. Pass aber auf, dass du nicht abrutschst und ein Vollbad im See nimmst."

Er ging mit Francesco ein paar Meter an der steilen Böschung entlang und zeigte ihm eine Stelle, wo ein Rohr zu sehen war.

„Hier hat man damals ein Rohr verlegt, das auf der anderen Seite, wo die Kiesgruben waren, wieder herauskommt. Es ist zwar schon ziemlich zugewachsen, aber es reicht noch, damit das Wasser vom See hier ablaufen kann."

Sie gingen zurück. Francesco hielt sich zwischendurch immer wieder an den Sträuchern und Büschen fest, die das Seeufer säumten. Der Feuerwehrmann mit seinen Stiefeln hatte weniger Probleme, nicht abzurutschen.

Er rollte den Schlauch weiter auf und hatte bald den höchsten Punkt erreicht, an dem schon ein Kollege wartete. Sie luden den Schlauch auf eine Karre und wollten gerade in Richtung des Feuerwehrautos gehen, als der Feuerwehrmann, mit dem sie gesprochen hatten, sich noch einmal zu ihnen umdrehte.

„Ich hoffe, ihr kommt nicht auf die Idee, in die alten Stollen hier zu gehen. Das ist saugefährlich! Und ich habe keine Lust, in den nächsten Tagen wieder hier anrücken zu müssen, um Kinder zu befreien. Kapiert?"

Die Jungen nickten zustimmend.

Kurz darauf hörten sie den Feuerwehrwagen wegfahren.

Mario schaute Francesco an.

„Saugefährlich, hat er gesagt. Gut, dass wir keine Schweine sind!"

Am nächsten Tag waren sie wieder da. Von der Stelle aus, wo die Feuerwehrleute den Schlauch gelegt hatten, führte ein schmaler Damm mitten in den See, und von dort aus zwei weitere Dämme nach rechts und links zu den Stolleneingängen.

„Ich vermute, dass man in der Zeit, wo der See ausgebaggert wurde, extra diese Dämme gemacht hat, damit man noch in die Stollen gehen konnte", sagte Francesco.

Nachdem sie geprüft hatten, ob sie jemand beobachtete, war zuerst Mario nach oben in den alten Stollen gegangen, und Francesco hatte sich in den Stollen gewagt, der unten verlief. Es war alles noch sehr feucht, und an einigen Stellen tropfte Wasser von der Decke.

Als er etwa dreißig Meter weit gegangen war, sah er, dass ein senkrechter Stollen nach oben führte. Er leuchtete nach oben und sah Marios Gesicht.

„Da bist du ja", rief Mario von oben. „Man muss hier oben jetzt richtig aufpassen. Wo bisher eine große, tiefe Pfütze war, ist jetzt ein tiefes Loch. Da möchte ich nicht reinfallen!"

„Dann pass gut auf! Ich gehe noch ein bisschen weiter. Mal sehen, wie weit es hier noch geht!", rief Francesco.

Kurz darauf hörte er hinter sich Schritte. Er drehte sich um und sah ein helles Licht, das in seine Richtung schien.

Er bekam einen riesigen Schreck; dann sah er, dass es Mario war. Francesco atmete auf.

„Du hättest ruhig sagen können, dass du mir hinterherkommen willst. Wie hast du es so schnell hierhin geschafft?"

„Ganz einfach! Ich bin im Schacht runter geklettert!"

Kurz darauf hatten sie das Ende des Ganges erreicht.

„Ich glaube, hier auf der Seite gibt es nicht viel zu sehen", sagte Mario.

„Wahrscheinlich hatte Onkel Matteo Recht, und das meiste von den Stollen ist verschwunden, als man die Grube gegraben hat, wo jetzt der See ist."

„Wir können ja morgen mal in den Stollen auf der anderen Seite gehen. Vielleicht ist da mehr zu sehen."

Gesagt getan.

Wie immer hatten sie ihren Eltern, die noch keinen Urlaub hatten, nach dem Frühstück versprochen, keinen Unfug zu machen.

Mario hatte Francesco auch gesagt, welchen Kniff er sich überlegt hatte, um kein Versprechen brechen zu müssen.

„Wenn ich Pa gegenüber sage, 'ich verspreche', dann habe ich mich halt versprochen."

Francesco hatte gelacht und gesagt, dass er das jetzt auch so handhaben würde.

Sie waren vorsichtig über den früheren Seeboden bis zu der Stelle gegangen, wo der Eingang zu den Gängen auf der anderen Seite war, auf der Seite, wo sie noch nie gewesen waren.

An mehreren Stellen gab es kurze Seitenstollen, wo die Arbeiter geschaut hatten, ob es dort etwas zu holen gab. Aber sie waren wohl nie erfolgreich gewesen und hatten den Hauptstollen deshalb immer weiter geradeaus in den Berg getrieben.

„Ich stelle mir vor, dass das ziemlich frustrierend gewesen sein muss", sagte Mario. „Du gräbst und gräbst, und am Ende hast du vielleicht ein paar kleine Klumpen einfaches Eisenerz gefunden. Kein Wunder, dass die Leute immer wieder gehofft haben, auf eine richtige Gold- oder Silberader zu stoßen."

„Ja", sagte Mario, „und immer das Gefühl, dass vielleicht ein paar Zentimeter hinter der Stelle, bis zu der du die Steine weg gehauen hast, die Goldader liegt, und der Berg dich auslacht!"

„Da kann man sicher wirklich verrückt werden."

Einige Meter tiefer im Berg stießen sie das erste Mal auf einen größeren Raum, wo man in allen Richtungen gegraben hatte. Das musste einer der Räume sein, von denen der Großonkel gesprochen hatte.

Ein Stück weiter gabelte sich der Gang. Links ging es weiter in den Berg hinein, rechts kamen sie nach wenigen Metern an eine Mauer.

„Was ist das denn?", fragte Mario.

„Sieht so aus, als wäre dahinter noch ein großer Hohlraum und man hätte dafür sorgen wollen, dass keiner von hier aus reingeht!", sagte Francesco und klopfte mit seinem Hämmerchen gegen die Wand.

„Das ist wohl eine richtig dicke Mauer. So, wie sich das anhört, ist die bestimmt einen Meter dick! Was kann dahinter sein?"

Mario hatte etwas entdeckt.

„Sieh' mal", sagte er, „hier ist ein Schild mit einem Zeichen."

Francesco schaute sich das Schild an und sagte:

„Das ist ein Schild, was man da anbringt, wo gefährliche Stoffe gelagert werden. Das habe ich einmal an einer Müllkippe gesehen, und mein Vater hat mir erklärt, dass man da auf keinen Fall hingehen darf. Die Leute, die da arbeiten, tragen auch immer Schutzanzüge und eine Gasmaske."

„Meinst du, dass man hier, als man kein Erz mehr gefunden hat, auch solche Abfälle rein geworfen hat?"

„Möglich! Das ist doch auf jeden Fall billiger, als das Zeug in eine Sondermülldeponie zu bringen! Am Ende mauerst du die Stelle zu, machst ein Schild dran, und dann dürfen sich später andere Leute darum kümmern!"
Mario und Francesco gingen danach in den anderen Gang.
„Hörst du das?", fragte Mario plötzlich.
„Was meinst du?"
„Ich höre ein dunkles Geräusch, das klingt so ähnlich wie der Donner bei einem Gewitter!"
„Hast du heute den Wetterbericht gelesen?"
„Nein. Du?"
„Nein, auch nicht."
„Nicht, dass jetzt so ein schweres Gewitter kommt und die Höhle voll läuft!"
Auch Mario bekam es mit der Angst zu tun.
Schnell gingen sie zurück in Richtung des Sees. Je näher sie dem Ausgang kamen, desto lauter wurden die Geräusche.
„Da tobt wirklich ein Gewitter!", rief Mario. „Schnell raus hier!"
Als sie zum Ausgang kamen, blies ihnen ein heftiger Wind entgegen, und sie sahen, dass es draußen wie aus Eimern schüttete. Immer wieder waren Blitze zu sehen, und der Donner, der schnell darauf folgte, war sehr laut.
Der Wasserspiegel im See war schon ein wenig angestiegen, aber es bestand noch keine Gefahr, dass das Wasser bis in den Stollen lief.
Die Jungen warteten kurz vor dem Eingang, um nicht pitsche-nass zu werden.

Wenige Minuten später war das Spektakel vorbei. Die Sonne kam wieder zwischen den dunklen Wolken durch, und es wurde ruhig. Auch der starke Wind hatte aufgehört.
„Ich glaube, wir brauchen erstmal keine Angst zu haben, wenn wir noch mal in die Höhle gehen", sagte Mario. „Guck, der See hat vielleicht fünfzig Zentimeter mehr als eben. Da braucht es noch ein paar Gewitter, bis er an die Höhleneingänge ran kommt."

„Wir sollten aber trotzdem die restlichen Gänge so schnell wie möglich absuchen. Der Abfluss vom See ist ja ein ganzes Stück höher! Wenn das Wasser einmal drin ist, dann bleibt es da.“

So verabredeten sie sich für den nächsten Tag wieder. Das Gewitter war aber kein einfaches Wärmegewitter gewesen, sondern es gab ein paar Tage viele Wolken und immer wieder kurze Gewitter, so dass Mario und Francesco nicht zur Höhle gingen.

Dann endlich war wieder ruhigeres Wetter angesagt.

Die Jungen waren sich einig, dass sie es wieder versuchen sollten.

Vorsichtshalber hatten beide ihre Gummistiefel eingepackt.

Als sie zum See kamen, waren sie überrascht.

Anscheinend hatten sich die Gewitter in den letzten Tagen hauptsächlich hier ausgetobt und der Wasserspiegel war deutlich angestiegen. Die beiden gegenüberliegenden Stolleneingänge standen jetzt ein paar Zentimeter voll Wasser, und der Damm lag auch schon knapp unter dem Wasserspiegel.

„Das sieht nicht gut aus“, sagte Mario. „Ohne die Gummistiefel kommen wir nicht mehr mit trockenen Füßen bis an den Eingang!“

Also wateten sie vorsichtig über den Damm bis zum Eingang.

Auch im Stollen mussten sie durch Wasser gehen, aber die Gummistiefel waren hoch genug.

Sie ließen den Gang mit der Absperrmauer links liegen und gingen in den Gang auf andere Seite.

Es ging einige Meter fast schnurgerade aus, dann kam eine Biegung, und dahinter war der Stollen zu Ende.

„Das kann es doch nicht gewesen sein!“, rief Mario enttäuscht.

Auch Francesco konnte es kaum glauben.

„Also, es gibt zwei Möglichkeiten“, sagte Mario.

„Entweder hat man wirklich alles weggebaggert, oder die Haupträume sind wirklich hinter der Mauer in dem anderen Gang. Aber ich glaube nicht, dass wir die Mauer durchschlagen können!“

„Sch…“, sagte er.

„Du bist aber gut erzogen", spottete Francesco, „sonst hättest du bestimmt 'Scheiße' gesagt!"

„Wollte ich gar nicht!", sagte Mario entrüstet. „'Schade' wollte ich sagen!"

„Wer's glaubt!"

Die Jungen waren zurück bis zum Eingang gegangen.

„Was ist denn hier los?", fragte Mario erstaunt. „Es ist doch noch nicht Abend!"

Aber es war draußen so dunkel, als wäre die Sonne schon untergegangen. Ein Blick zum Himmel verriet ihnen, warum das so war. Eine dicke schwarze Wolke verdeckte den Himmel. Ein Blitz entlud sich an der gegenüberliegenden Felswand und unmittelbar darauf krachte es gehörig.

„Scheiße!", rief Mario.

Francesco hätte in jeder anderen Situation sicher wieder etwas Blödes gesagt, aber auch ihm war das Herz in die Hose gerutscht.

„Was machen wir jetzt?", fragte Francesco mit zittriger Stimme.

„Es bleibt uns nichts anderes übrig, als hier in Deckung zu bleiben", sagte Mario. „Wenn wir raus auf den See gehen, dann hat uns der nächste Blitz!"

Sie gingen zwei Meter zurück in den Stollen und warteten.

Das Gewitter tobte, und der Regen fiel vom Himmel, als wolle er eine neue Sintflut auslösen. Das Wasser drang in den Stollen, und stieg und stieg.

Als es ihnen schon fast bis zum Bauchnabel reichte, wurde es auf einmal ruhig draußen. Es hörte es auf zu regnen, und kurz darauf war der Himmel wieder blau.

„Puh!", sagte Mario, „das war knapp! Nichts wir weg hier!"

Sie ließen ihre Ausrüstung und die Gummistiefel auf einem Felsvorsprung neben dem Stolleneingang liegen.

„Gut, dass wir schwimmen können!", sagte Francesco, sprang in den See und schwamm in Richtung der Stelle, über die sie gekommen waren. Mario folge ihm unmittelbar.

Als sie endlich wieder trockenen Boden unter den Füßen hatten, war ihre Abenteuerlust aufs erste gestillt.

Sie zogen sich aus und breiteten ihre Sachen in der Sonne aus.
Tatsächlich dauerte es gerade mal eine Stunde, dann war alles
wieder trocken.

„Hoffentlich merken meine Eltern nicht so schnell, dass meine
Gummistiefel weg sind", sagte Mario.

„Warum hast du die Stiefel nicht mitgenommen?", scherzte
Francesco. „Kannst du nicht schwimmen, wenn du Gummistiefel an hast?"

„Sehr witzig!", sagte Mario.

„Das gibt bestimmt einen Riesenärger, wenn meine Eltern
merken, dass die Gummistiefel weg sind!"

Aber Francesco hatte auch für dieses Problem eine Lösung.

„Guck mal da", sagte er.

Er hatte im Gebüsch eine große Plastiktüte gesehen, die durch
den starken Wind bei dem Gewitter bis hier geflogen war. Er
nahm sich die Tüte, schwamm noch einmal zum Stolleneingang
zurück und ging hinein.

Kurz darauf kam er zurück.

Er hatte die Gummistiefel in die Tüte gesteckt, eine gehörige
Portion Luft hinein geblasen und die Tüte dann zugeknotet.

Er legte sie kurz auf das Wasser; die Tüte blieb oben!

„Habe ich mal bei GULP[1] gesehen", rief er, nahm die Tüte mit
einer Hand und schwamm zurück zum Ufer. Das war zwar
schwierig, aber es gelang ihm.

„Das nächste Mal bezahlst du, wenn wir ein Eis essen gehen!"
Mario war erleichtert.

„Klar!", sagte er. „Aber wo sind die Taschenlampen?"

Platsch!

Ein Schubs hatte gereicht, und er fand sich im See wieder.

„War doch nicht so gemeint!", rief Mario und schüttelte sich.

---

1 RAI-Kindersender

19

Leguleio hatte gleich am Tag, nachdem der Tresor wieder da war, nach dem Vertrag zwischen Danielo und der 'casa onorata' gesucht und war danach zum Maklerbüro gegangen, um Ricardos Ansprüche durchzusetzen.
Nachdem er wieder im Büro war, hatte er Ricardo angerufen. Sie hatten sich für den frühen Abend verabredet.

Ricardo war gespannt, was Leguleio ihm zu berichten hatte.
Dieser musste ihn enttäuschen.
„Herr Falsario hat mir seine Version des Vertrags gezeigt, die den Passus mit der automatischen Übertragung auf die Gesellschaft enthielt. Ich nehme zwar an, dass sie das Dokument gefälscht haben, weil dieser Passus in meiner Ausfertigung fehlt, aber ich glaube, dass es uns nicht gelingen wird, ihnen die Fälschung nachzuweisen. Er sagte noch mit einem süffisanten Lächeln, dass jetzt Aussage gegen Aussage steht, und dass er bei seiner Auffassung bleiben wird, bis ich ihm nachweisen kann, dass sein Dokument gefälscht ist.“
„Und, wie sehen sie unsere Chancen?“, fragte Ricardo.
„Schlecht“, sagte Leguleio. „Ich habe an dem Dokument nichts gesehen, was auf eine Fälschung hinweisen könnte.“
„Also genau so perfekt gemacht wie das Dokument, das mir der Chinese gegeben hat!“
„Und was wollen Sie jetzt unternehmen?“, fragte Leguleio.
„Ich werde zu einer Bekannten gehen, die gutgläubigen Menschen erzählt, dass sie mit den Toten sprechen kann, und sie bitten, meinen verstorbenen Bruder um Rat zu fragen.“

Ricardo hob den Kopf und blickte nach oben.
„Vielleicht kann er ja von da oben aus etwas unternehmen!“
Leguleio schaute ihn irritiert an.
„Glauben Sie etwa an diesen esoterischen Kram wie Gedankenübertragung oder Stimmen aus dem Jenseits?“
Ricardo schüttelte den Kopf.

„Das bestimmt nicht. Aber vielleicht gibt es doch irgendeine Macht, die eingreift, wenn es zu doll wird!"

„Na ja", sagte Leguleio, „manchmal versetzt der Glaube Berge. Aber ich glaube nicht daran."

Ricardo informierte Danielo über das Ergebnis seiner Bemühungen.

„Ich habe mir schon gedacht, dass es darauf hinausläuft, dass man nur gerichtlich weiter kommt, aber in diesem Fall erscheint mir das aussichtslos!", sagte Danielo. „Da hilft wahrscheinlich nur die große Sense!"

„Wie meinst du das?"

„Ausradieren!", sagte Danielo. „Ich habe auch schon eine Idee, was wir tun können."

„Erzähl!", sagte Ricardo.

„Ich habe ein paar Wochen nach meinem Abschied Herrn Leguleio mit dem Auftrag nach Rutsch geschickt, den Lieferwagen und ein paar andere Sachen zu holen. Dabei waren auch Drohnen, die ich schon hatte, als ich noch in Sant'Angelo gelebt habe."

„Stimmt! Ich hatte sie gesehen, als ich das erste Mal in deinem Haus war."

„Die Drohnen habe ich mir hier nach Brusio mitbringen lassen. Auch den Lieferwagen habe ich hier. Der könnte noch sehr nützlich für uns werden. Was die Drohnen angeht:

Ich kann an eine von ihnen eine Vorrichtung bauen, mit der man Flüssigkeiten versprühen kann. Es gibt ein paar Stoffe, die ziemlich unangenehme Wirkungen haben, wenn man sie einatmet."

Ricardo wusste schon, worauf sein Bruder hinaus wollte.

„Klar! Ich habe einmal erlebt, dass in der Nähe vom Einkaufszentrum ein LKW verunglückt ist, der Chemikalien geladen hatte, die dann teilweise ausgelaufen sind. Über die Klimaanlage sind die Gase im Nullkommanichts überall im Gebäude verteilt worden. Glücklicherweise waren diese Chemikalien relativ harmlos. Es hat nur bestialisch gestunken."

„Du kannst davon ausgehen, dass ich keine Chemikalien verwenden will, die nur stinken. Ihre Wirkung wird sehr unangenehm sein!“

„Was willst du denn einsetzen?“

„Das Zeug, das der russische Geheimdienst damals bei der Geiselnahme im Dubrowka Theater eingesetzt hat. Wenn es lange genug wirken kann, dann war's das!“

„Aber die Leute könnten doch schnell nach draußen gehen, oder die Fenster aufmachen!“

„Theoretisch ja, aber die Kombination der Wirkstoffe macht's. Bevor man etwas davon mitbekommt, wird man bewusstlos, und dann… dann ist es, wie ich schon sagte, vorbei.“

„Du überraschst mich immer wieder mit deinen Chemiekenntnissen. Du bist doch Physiker, nicht Chemiker!“

„Man muss sein Wissen halt breiter streuen und sich nicht auf ein Fachgebiet festlegen. Und außerdem haben Chemie und Physik mehr miteinander zu tun, als der normale Sterbliche denkt. Das, was die Spezialisten in dem Labor, wo mein Pa gearbeitet hat, gemacht haben, war auch fachübergreifend. Ich hoffe, ich werde bald Gelegenheit haben, die Unterlagen, die er mir vermacht hat, abzuarbeiten und hoffe, dass ich dann auch Mitstreiter finde, die das 'Projekt Duplo', wie er es genannt hat, mit mir zusammen zu einem guten Ende bringen.“

„Hast du dir dann auch schon Gedanken gemacht, wie du das Thema Sicherheit angehst? Du willst doch sicher nicht wie dein Pa vorzeitig im Leichenschauhaus enden. Oder?“

„Ich habe doch schon einen Mitstreiter, der sich darum kümmern kann. Oder willst du wieder Hausmeister spielen, wenn wir die Gomorrha in Senigallia abgearbeitet haben?“

Ricardo zögerte nicht lange.

„Natürlich nicht. Wenn du mich in deinem Team haben willst, bin ich natürlich dabei!“

Danielo brauchte zwei Tage, dann begann die 'Operation casa'. Falsario sprach mit dem Chef.

„Hat die Stato herausbekommen, wer für den Tod von Strozzino verantwortlich war?"

„Leider nicht. Was mir bei der Geschichte mit Umberto Sorge macht, ist die Art, wie man ihn umgebracht hat."

„Das würde mich auch interessieren. In der Presse hieß es nur, dass er an einer Hirnblutung gestorben sei."

„Das stimmt ja auch. Aber Rialzato hat die Presse gebeten, eine Kleinigkeit wegzulassen, damit es keine unnütze Panik gibt. Theoretisch muss der Mörder in der Lage sein, jemand ins Jenseits zu schicken, ohne dass er direkt am Tatort ist. Das ist unheimlich, weil es ganz ohne Vorwarnung passieren kann und das Opfer keine Abwehrchance hat!"

„Das hört sich nicht gut an! Aber was ist denn die Kleinigkeit, die er weggelassen hat?"

„Umberto hatte ein kleines Loch in der Stirn, nur etwa zwei Millimeter groß, aber das Loch ging durch das ganze Gehirn bis zur hinteren Schädeldecke. Und keine Spuren von einer Kugel oder so etwas."

„Das heißt, die Gehirnblutung war nicht natürlich entstanden, sondern ist durch irgendeine unbekannte Waffe ausgelöst worden?"

„Genau so ist es. Du kannst verstehen, dass ich mir Sorgen mache. Wenn der Mörder Umberto nicht zufällig ausgesucht hat, sondern es mit seinem Job zu tun hat, dann sind wir alle in Gefahr!"

„Mal langsam, wir hauen doch nicht alle alten Frauen den Schädel ein! Er hat zwar dadurch die Villa von diesem Spettro teuer verkaufen können, aber wenn das wirklich der Grund für den Mord war, dann ist das für uns doch kein Grund, Angst zu haben, oder?"

„Eigentlich hast du Recht. Aber der Bruder von diesem Spettro war hier und wollte das Mietshaus und ausstehende Mieten eintreiben."

„Hat er es denn bekommen?"

„Nein!"

„Das könnte ein Fehler gewesen sein."

„Hoffentlich nicht!"

Falsario ging wieder in sein Büro. Weil es für den Mai jetzt am Mittag schon ziemlich warm war, lief die Klimaanlage auf Hochtouren. Falsario setzte sich an seinen Schreibtisch und schaute nach, was als nächstes zu tun war. Er musste gähnen.
‚War wohl doch etwas spät gestern', dachte er.

Die Drohne war schon in der Nacht gekommen und hatte sich unbemerkt auf dem Dach neben der Filteranlage niedergelassen, von der aus die Außenluft durch die Kühlelemente in die Büroräume geleitet wurde.
In der Regel waren kurz vor halb zwölf alle Mitarbeiter im Haus. Es konnte losgehen.
Eine Düse an der Drohne sprühte eine feine Flüssigkeit heraus, die sich in ein Gas verwandelte und von der Klimaanlage angesaugt wurde. Genau so hatte sich Danielo es vorgestellt.
Falsario hatte inzwischen ein paar Dokumente durchgesehen, dann war er in den Pausenraum gegangen, um sich einen Caffè zu holen.
„Bist du auch so müde heute?", fragte er den Kollegen Sciocco, der auch hergekommen war.
„Ja", gähnte Scoccio vor sich hin, „liegt bestimmt am Wetter!"
Sie setzten sich an einen der Bistrotische.
Kurz darauf sah Falsario, dass der Kollege eingenickt war.
Er schüttelte den Kopf.
‚Das ist aber auch eine Luft heute', dachte er noch, dann fiel auch ihm der Kopf auf den Tisch.

Nach der Mittagspause kam ein Kunde.
‚Niemand zu sehen', dachte er und wollte schon in den Flur gehen, um zu sehen, ob in einem der Büros jemand war, den er ansprechen konnte.
‚Riecht irgendwie komisch', dachte er und ging vorsichtshalber wieder nach draußen.
Er klingelte; einmal, zweimal, dreimal - keine Reaktion.

‚Es muss doch jemand da sein; die Türe war doch offen‘, dachte er.

Er ging noch einmal einen Schritt hinein und rief: „Ist hier denn keiner?“

Es kam keine Antwort.

Er drehte schnell wieder um. Die Luft in dem Haus war ihm nicht geheuer.

Währenddessen hob die Drohne ab und flog davon. Sie hatte ihre Aufgabe erfüllt.

Erst als am Abend Falsarios Freundin kam, um ihn abzuholen, und alle Angestellten leblos vorfand, wurde die Ambulanz gerufen.

Der Notarzt merkte schon am Eingang, dass die Luft vergiftet war, und rief die Feuerwehr.

Die Feuerwehrleute gingen mit Atemschutzmasken ins Haus. Als sie wieder herauskamen, zeigte einer von ihnen mit dem Daumen nach unten.

„Ihr könnt gleich den Bestatter rufen“, sagte er.

20

Inzwischen war es Sommer. Ricardo saß auf seinem Lieblingsplatz im Klostergarten. Mittlerweile hatte er seine Deutschkenntnisse mit Hilfe von Elena weiter ausgebaut.

Wenn er mit den Touristen wegen der Fahrräder ins Gespräch kam, tat er immer so, als ob er sie kaum verstehen könne. Das, und dass er seine Arbeit trotzdem immer sehr gut machte, war gut für das Trinkgeld, das sie ihm hin und wieder zusteckten.

‚Wenn die wüssten…' hatte er schon mehrmals gedacht.

Gerade unterhielt sich ein Paar auf der großen Terrasse.

„Weißt du, was mich unten in Senigallia stört?", fragte er.

„Ich kann es mir denken", sagte sie und wartete ab, was er meinte.

„Wenn du auf einen Parkplatz kommst, stehen da immer die Nordafrikaner und wollen dich einweisen, obwohl das doch völlig unnötig ist. Das geht mir schon ein bisschen auf den Geist!"

„Aber die armen Leute haben doch sicher keine Arbeit. Die sind bestimmt für jeden Cent dankbar, den sie sich dadurch verdienen!"

„Meinst du dann, die könnten das ganze Geld für sich behalten? Da kommt doch sicher einer vom Amt und fordert einen Anteil für die Stadtkasse. Gewerbesteuer sozusagen."

„Das kann ich mir nicht vorstellen!", sagte sie.

Ricardo musste an ein Gespräch mit einem Freund denken.

„Manchmal denke ich, ich mache irgendetwas falsch. Ich arbeite mehr als genug, aber komme so gerade über die Runden! Und andere, die auch nur einen normalen Job haben, können sich richtig was leisten."

„Wie meinst du das?"

„Ich denke da an den Kerl von der Verwaltung, der für die Wochenmärkte und die Parkplätze zuständig ist. Der bekommt doch mit Sicherheit nicht viel mehr als ich. Aber trotzdem kann er sich einen Sportwagen und eine

Wohnung in einem der besseren Viertel leisten."
„Vielleicht hat er von seinen Eltern etwas geerbt."
„Mit Sicherheit nicht. Das wüsste ich!"
„Wie meinst du dann, dass er an das nötige Kleingeld
kommt?"
„Mit Kleingeld, wie du schon sagst! Ich denke, dass er von
dem, was er aus den Parkautomaten nimmt, etwas für sich
einsteckt. Und ich habe einmal gesehen, dass einer der
Bettler auf dem Parkplatz am Stadion ihm Geld rüber
gereicht hat. Ich denke, der kassiert da heimlich mit!"
„Möglich. Aber solange ihm das keiner beweisen kann..."

,Das wäre eine schöne Schweinerei', dachte Ricardo. Aber was
ging das ihn an?

Einen Tag später sah er das anders. In der Zeitung stand, dass
ein Asylbewerber aus Afrika einen städtischen Beamten tätlich
angegriffen hatte. Worüber sie sich gestritten hatten, war nicht
geklärt worden. Am Ende lag der Afrikaner auf der Erde und war
tot.
Die Ermittlungen hatte Rialzato von der Stato geführt und
herausgefunden, dass der Afrikaner einen Herzfehler hatte, und
die Aufregung zu viel für ihn gewesen war. Dass die anderen
Afrikaner, die in der Nähe gewesen waren, andere Beobach-
tungen gemacht hatten, wurde unter den Tisch gekehrt.
Ein paar Tage später traf sich Ricardo wieder mit seinem
Bruder. Die Geschichte mit dem Afrikaner hatte er immer noch
nicht verarbeitet, und so erzählte er sie Danielo.
„Wenn es wirklich so läuft, wie dein Freund dir erzählt hat, dann
ist das eine Riesensauerei!", sagte Danielo.
„Aber was kann man dagegen machen? Nichts!", sagte Ricardo.
Danielo dachte nach.
„Doch!", sagte er. „Wenn er das Geld für sich einsteckt, wie
dein Freund es vermutet, dann können wir das feststellen. Denk
doch mal an das Geld, das du dem Pizzabäcker gegeben hast."
„Aber das waren doch dicke Scheine!", sagte Ricardo.

Danielo dachte wieder nach, dieses Mal etwas länger. Dann hatte er eine Lösung gefunden.

„Ich könnte einen Chip in Fünfer einbauen. Dann fährst du ein paar Mal auf die Parkplätze in der Stadt und gibst den Bettlern jedes Mal einen Fünfer, und du steckst ein paar Scheine in die Parkautomaten. Wenn dieser Mensch vom Amt das Geld wirklich für sich einsteckt, dann finden wir das ziemlich schnell raus!“

„Ich weiß zwar, dass du ein Schlaukopf bist“, sagte Ricardo, „aber du überraschst mich trotzdem immer wieder mit deinen Ideen. Aber O.K., wir sollten es versuchen. Brauchen wir dazu wieder Alfredos Hilfe?“

Danielo überlegte. „Es wäre nicht unbedingt nötig, aber vielleicht für eine andere Sache nützlich. Eigentlich müssen wir nur den Laufweg der Scheine nachverfolgen. Das wird mit Sicherheit schwierig!“

Wie sollten sie feststellen, wo mit den Scheinen bezahlt wurde, oder wo sie eventuell auf ein Konto eingezahlt wurden?

Danielo und Ricardo grübelten mehrere Tage.

Dann hatte Danielo - wer sonst - eine geniale Idee. Als sie am Abend miteinander telefonierten, rückte er mit seiner Idee heraus.

„Hast du schon einmal bei einem Preisausschreiben mitgemacht?“

Ricardo war erstaunt und brauchte ein wenig, bis er sich denken konnte, was Danielo damit meinte.

„Ein Preisausschreiben? Klar! Du versprichst den Teilnehmern einen Gewinn, wenn sie einen bestimmten Geldschein finden! Genial!“

Danielo lächelte.

„Siehst du, auch du bist ein schlaues Kerlchen!“

„Na ja“, sagte Ricardo. „Wenn man einen Elfmeter schießen darf, dann ist es nicht so schwer, das Tor zu treffen, vor allem, wenn nicht mal ein Torwart zwischen den Pfosten steht.“

Danielo erklärte seinem Bruder, wie er sich die Aktion vorstellte:

„Ich organisiere das Spiel von hier aus. Ich kopiere zwanzig originale Fünf-Euro-Scheine, ändere nur die Prüfziffern, schreibe mir die Nummern auf, und eine Scheinfirma verspricht den Findern einen Hunderter, wenn sie einen der Scheine finden. Du bringst die Scheine in Umlauf, und dann schauen wir mal, wer sie findet!“
„Meinst du, dieser Angestellte fällt auf unseren Trick rein?“
„Ich werde eine nette junge Frau zu den Findern schicken, die ihnen den Hunderter überreicht. Vielleicht meldet sich der Angestellte persönlich! Und wenn nicht, dann können wir mit etwas Glück und dem Geschick meiner Fragerin herausfinden, wo die Scheine in der Zwischenzeit waren. Ich glaube zwar nicht wirklich, dass es so funktioniert, aber vielleicht haben wir ja Glück!
Du kannst übrigens Alfredo um eine kleine Sache bitten. Ich will in die kopierten Scheine einen Chip einbauen, der einem Smartphone, das in seiner unmittelbaren Nähe ist, den Befehl gibt, eine Nachricht zu versenden. Eine SMS ohne Inhalt, aber an eine bestimmte Nummer. Jeder normale Nutzer wird an eine Fehlfunktion denken, und die Sache schnell vergessen. Aber Alfredo könnte uns die Nummern der Geräte verraten, die die SMS versendet haben. Vielleicht gibt es auch Überschneidungen zu anderen Sachen!“

Gesagt, getan.
Alfredo gab Ricardo eine SD-Karte, auf der das kleine Programm war, das Danielo in die Chips in den Scheinen übertragen sollte.
Ricardo brachte die Geldscheine in Umlauf.
Die Frist für das Finden der Scheine hatte Danielo auf eine Woche gesetzt, eine weitere Woche war nötig gewesen, um die Finder zu treffen. Danach war Danielo schnell zu einem Ergebnis gekommen.
Als sie sich wieder trafen, hatte Danielo gute Nachrichten.
„Dieser Angestellte ist tatsächlich auf unseren Trick hereingefallen und hat einen Schein persönlich gegen einen Hunderter eingetauscht. Zwei der anderen Scheine sind von

seinen Verwandten eingetauscht worden. Bei den übrigen konnte ich keine direkte Verbindung zu dem Angestellten feststellen. Ich denke aber, das reicht!"

„Ich hatte dir doch eine Liste mit den Nummern und den Empfängern gegeben. Wie war das bei den drei Scheinen, die er und seine Verwandten eingetauscht haben?"

„Ein Schein war aus den Parkautomaten, zwei von den Bettlern."

„Dann dürfte auch klar sein, weshalb er mit ihnen aneinander geraten ist."

Danielo hatte aber noch eine Überraschung parat.

„Die Auswertung der SMS hat ergeben, dass ein Schein bei einem uns bekannten Mitarbeiter der Stato gelandet ist. Ich glaube mittlerweile, dass er nicht nur ein kleiner Fisch ist, einer von denen, die sie Soldaten nennen, sondern dass er in der Reihe darüber ist, also einer der Kapitäne!"

„Hast du eine Ahnung, wie viele Soldaten und Kapitäne diese Familie insgesamt hat?"

„Wissen tue ich es nicht, aber ich gehe davon aus, dass es vier oder fünf Kapitäne und etwa ein Dutzend Soldaten sind."

„Das ist ja eine überschaubare Anzahl", sagte Ricardo.

„Das stimmt", sagte Danielo. „Aber wenn du dir überlegst, was sie alles anstellen, dann ist das schon eine ziemlich starke Truppe. Mit ganz guten Einnahmen!"

„Ich sollte doch Alfredo sagen, dass der unbekannte Auftraggeber in der Lage ist, diese Unmenge an Verbindungsdaten auszuwerten. Ist das wirklich möglich?"

„Klar!", sagte Danielo. „Du hast mir doch vor kurzem eine DVD mit den Daten gegeben, die Alfredo in den letzten zwei Monaten gesammelt hat. Das waren übrigens ungefähr 4 Gigabyte! Ich habe wirklich eine Software aus Deutschland gekauft, mit der man selbst eine solche Menge relativ flott analysieren kann. Gut war, dass wir zwei verschiedene Datenquellen hatten. Ich musste mich zwar in dieses Programm einarbeiten, um die richtigen Einstellungen zu finden, aber das Ergebnis ist irre!"

Er zeigte Ricardo eine DIN-A4-Seite mit einer Grafik.

„Ist das eine so genannte Baumstruktur?", fragte Ricardo.

„Warst du etwa wieder beim Zahnarzt?", fragte Danielo lachend.

Dann kam er zum Ernst zurück.

„Du siehst hier ganz oben den 'Boss', das ist das Oberhaupt der Familie. In der Reihe darunter sind die 'Kapitäne', ganz unten die 'Soldaten'. Es gibt wohl andere Familien, wo es noch mehr Ebenen und einige Mitglieder mehr gibt, aber hier sind es wahrscheinlich nur die, die auf diesem Blatt stehen."

Ricardo schaute sich die Grafik aus der Nähe an.

„Sehe ich das richtig? Adressen und Telefonnummern hast du auch ermitteln können?"

„So ist es!", sagte Danielo stolz.

„Warum kriegt das die Polizei nicht hin?", fragte Ricardo. „So viel ich weiß, gibt es bei denen doch eine Spezialeinheit dafür."

„Nicht können, nicht wollen, nicht dürfen…", sagte Danielo.

„Ich glaube am ehesten, dass sie es nicht dürfen. Weißt du, das, was wir hier gemacht haben, ist nicht erlaubt. Die Ermittler müssen in der Regel eine richterliche Erlaubnis haben, um beispielsweise Mobilfunkdaten auszuwerten. Und die Sache mit den Geldscheinprüfgeräten, das geht bei denen gar nicht!"

„Ich verstehe", sagte Ricardo. „Mir fällt eben noch etwas ein. Was ist aus der Geschichte mit der Frau deines ehemaligen Kollegen geworden. Hast du etwas unternommen, um ihren Tod zu rächen?"

„Ist schon erledigt!", sagte Danielo. „Ich habe den obersten Chef dieser Versicherungsgesellschaft bestraft. Die Polizei hat sich bisher in dem Fall zurückgehalten, weil sie keine Ahnung hat, was da passiert ist."

„Was ist denn passiert?"

„Er war bei einem Fußballspiel, Logenplatz natürlich, und ist auf einmal tot umgefallen. So ähnlich wie der Makler an der Penelope. Offizielle Todesursache ist eine Gehirnblutung. Stimmt ja irgendwie auch, wenn man außer Acht lässt, dass ich sie ausgelöst habe."

„Dann können wir jetzt die Aufgabe angehen, den Rest der ‚Soldaten‘ zu erledigen.“

„Wieso den Rest?“, fragte Danielo. Dann fiel ihm aber ein, dass Ricardo auch von dem ‚Typ von der Security-Firma‘ gesprochen hatte.

„Richtig! Hast du den einen schon zur Strecke gebracht?“

„Klar doch. Inzwischen kommt zwar wieder ein anderer, aber der steht, glaube ich, auf unserer Liste!“

„Wie hast du das angestellt?“

„Ganz klassisch! Ich habe ihm nachts aufgelauert, ihn kalt gemacht und dann entsorgt!“

Danielo stutzte.

„Entsorgt? Wie das denn?“

„In der Nähe von Sant’Angelo waren früher Gruben, wo man Erze gesucht hat. Nachdem man das aufgegeben und in der Gegend lieber Kies abgebaut hat, kam jemand auf die Idee, das alte Bergwerk noch einmal zu nutzen.“

„Wie?“

„Er hat Müll dort hin verfrachtet. Dann kamen Umweltschützer dahinter, dass es sich um hochgiftige Industrieabfälle handelt. Die Behörden haben natürlich sofort eingegriffen.“

Danielo konnte sich vorstellen, was gemacht wurde, ließ aber Ricardo erzählen.

„Man hat den großen Raum in den Gruben mit einer Mauer von außen unzugänglich gemacht, ein Warnschild angebracht, und das war’s. Ich glaube, der Kerl, der den Giftmüll entsorgt hat, hatte sogar so gute Verbindungen, dass er nicht einmal eine Strafe zahlen musste!“

„Und du hast den Giftmüll mit organischem Material ange-reichert!“

Ricardo lachte.

„Nett ausgedrückt! Ich kenne einen von den Umweltschützern gut. Er hat mir gesagt, dass es einen alten Lüftungsschacht gibt, der direkt nach unten in den Bereich der Gruben führt, wo der Giftmüll liegt. Er ging früher ab und zu dorthin und machte ein paar einfache Messungen, um zu sehen, ob nicht doch giftige

Gase austreten. Er hat nie etwas feststellen können und es dann aufgegeben.“

„Ich kann mir vorstellen, dass du diese alte Grube zum Friedhof machen willst! Stimmt’s?“

„Exakt! Bisher ist es noch ein Einzelgrab, aber das kann sich ja ändern!“

„O.K. Lass uns loslegen!“

21

Zurück in der Gegenwart

Am Abend saßen Caporione und die Kommissare zusammen auf der Terrasse. Die Frauen und Benno hatten sich zurückgezogen, so dass die Männer ungestört waren.

Sie hatten sich auch schon auf das 'Du' geeinigt.

Lucca Caporione begann seine Erzählung:

„Ich konnte mich daran erinnern, dass wir vor zwei Jahren, als das mit dem Bunker passiert ist, einen Zwischenfall hatten, den wir nie aufklären konnten."

Er machte wie üblich eine kurze Pause.

„An dem Morgen, an dem das Unglück im Bunker passiert ist, hatte ein Kurierfahrer ein seltsames Erlebnis. Beinahe hätten wir davon nichts mitbekommen, aber der Mann war so rasant in eine Radarfalle gerast, dass unsere Kollegen ihn sofort aus dem Verkehr gezogen haben. Er hat aber ziemlich gepöbelt und sich dann für ein paar Stunden in unserer Arrestzelle ausruhen dürfen. Seine Geschichte war wirklich abenteuerlich. Er erzählte, dass er am Morgen beobachtet hatte, dass Kollegen von uns einen Drogendealer gestellt hatten und mit der Pistole in Schach hielten. Als er angerauscht kam, hat er den Mann mit der Pistole fast umgefahren. Dann hat er die Pistole gesehen und gewitzelt, ob Raser jetzt gleich erschossen werden. Das hat dem Carabiniere natürlich gar nicht gefallen. Während die beiden sich gezofft haben, ist der Dealer abgehauen."

Michael und Torben hörten gespannt zu.

„Der Carabiniere ist dem Dealer hinterher und hat probiert, ihn zu erwischen, aber erfolglos. Wir konnten das erst mal nicht glauben."

Lucca machte wieder eine kurze Pause, dann ging es weiter.

„Danach wurde es aber erst richtig spannend. Der Pfarrer kam mit zwei Jungen zu uns, die die Sache beobachten hatten, und sich gewundert hatten, dass der Carabiniere anscheinend gar nicht die Absicht hatte, den Dealer festzunehmen, sondern ihn umbringen wollte. Er hatte nämlich gesehen, dass der Dealer in eine alte Grube geflüchtet war, ihn verfolgt, aber in den dunklen Gängen nicht gefunden. Was er dann gemacht hat, war aber so untypisch, dass es keiner von uns oder einer anderen Einheit gewesen sein konnte."

Wieder lies Lucca die Spannung steigen.

„Er hat einen Sprengkörper aus der Tasche geholt und den Eingang zu der Mine gesprengt. Die beiden Jungen meinten auch gehört zu haben, dass er etwas von ‚verrecken' vor sich her gesagt hat, als er zu seinem Wagen zurückging."

Die beiden Kommissare schauten ungläubig.

„Ich habe dann versucht, heraus zu bekommen, welche Einheit da im Einsatz war. Aber es gab keinen Einsatz!"

Torben hatte geschaltet und sagte:

„Das heißt, es war kein Carabiniere, wie die Jungen meinten, sondern da ist eine ganz andere Geschichte gelaufen?"

„Genau! Was aber die Sache noch interessanter macht: Der Wagen, der da angehalten wurde, und dessen Fahrer geflohen ist, das war der Wagen von Danielo Spettro! Eindeutig der von Danielo! Er hatte nämlich seinen eigentlich schwarzen Wagen mit weißen Streifen versehen lassen, so dass der Wagen im Zebralook daher kam. Wir haben nachher erfahren, dass Danielo wohl aus irgendeinem Grund ein Faible für Zebras hatte."

Jetzt meldete sich Michael, denn ihm war etwas aufgefallen.

„Das heißt aber doch dann auch, dass Danielo gar nicht im Bunker gewesen sein kann, als das Unglück passiert ist!"

„Genau!", sagte Lucca. „Ihr wart mit eurer Vermutung, dass Danielo ein Killer war und die Firma mit allen Mitarbeitern in die Luft gejagt hat, etwas voreilig!"

Michael hatte gleich noch weiter gedacht:

„Ist denn Danielo wieder aus dieser Höhle entkommen?"

„Ja, das ist er", antwortete Lucca. „Ich habe einen Freund, der eine Baumaschinenfirma hat, um Hilfe gebeten, und er hat den Eingang zu diesem Stollen wieder frei gemacht. Aber es war niemand mehr drin. Allerdings konnten wir sehen, dass jemand sich in dem Stollen aufgehalten hatte und durch einen Lüftungsschacht nach draußen entkommen war."

„WOW", sagte Torben, „das klingt ja alles wie James-Bond in Echt!"

Lucca grinste.

„Das siehst du völlig richtig! Und wir glauben auch zu wissen, dass da wirklich ein Geheimdienst seine Finger im Spiel hatte."

Er ließ die Spannung weiter steigen.

„Spann' uns nicht auf die Folter! Wer war's denn?", fragte Michael.

„Vermutlich die Chinesen! In dem Labor wurde an einem Geheimprojekt gearbeitet. Es ist zu uns durchgesickert, dass man dort eine ganz neue, spektakuläre Technik entwickelt hatte, mit der man bald in der Lage gewesen wäre, alle möglichen Stoffe synthetisch herzustellen. Sozusagen 'Gold aus Stroh', wie im Märchen. Das wollten die Chinesen wohl auf alle Fälle verhindern. Ich vermute, dass sie entweder einen ihrer Leute in das Labor eingeschmuggelt hatten, und die Ersten sein wollten, die diese Technik beherrschen, oder sie wollten einfach nur verhindern, dass es ein Anderer überhaupt schafft!"

Die Männer machten eine kurze Pause, tranken noch ein wenig, dann wollte Michel Näheres wissen.

„Wie seid ihr dann auf die Idee gekommen, dass die Chinesen das ausgeheckt hatten?"

„Es gab noch einen sehr außergewöhnlichen Mordfall, bei dem das Opfer ein Chinese war", sagte Lucca. „Die Geschichte ist wirklich sehr ungewöhnlich und die Tatausführung erst recht. Der Chinese wurde mithilfe von Raubfischen umgebracht, aber die Begleitumstände lassen darauf schließen, dass die Tat von den gleichen Tätern begangen wurde, wie der Mord an dem Makler!"

„An welchem Makler?", fragte Michael.

„Dazu komme ich gleich!", sagte Lucca.

„Der Chinese hatte ein großes Fest organisiert, und er hatte für diesen Tag auch einen Wachmann an den Eingang gestellt, der verhindern sollte, dass sich Fremde unter die Gäste mischen. Den Mann haben wir mit einem Loch im Kopf gefunden."

„Was war denn an der Tatausführung so ungewöhnlich?“, fragte Torben.
„Ich erzähle es euch!“

22

Es war Mitte Mai und schon relativ warm. Ho hatte zur Party zu seinem sechzigsten Geburtstag geladen. Er hatte für den ganz besonderen Tag Meng geholt, einen seiner Männer, der in dem Häuschen an der Toreinfahrt saß, die Gäste begrüßte und auf-passte, dass keine ungeladenen Besucher auf das Grundstück kamen.

Hos Frau Juan hatte bei Alessandro in Senigallia traditionell eine extra lange Nudel[1] für ihren Mann machen lassen. Die Gesell-schaft saß auf der Terrasse vor dem Swimmingpool und hatte schon ein paar Gläser getrunken. Jie und Chan hatten Hos Anwesen noch nie gesehen und waren erstaunt über den Luxus, den er sich leistete. Nicht nur, dass der Swimmingpool eine richtige 25-Meter-Bahn hatte, auch die Gartengestaltung mit Palmen und vielen exotischen Pflanzen hatte ihnen imponiert.

„Seht ihr da drüben das Podest? Da ist meine Wasserrutsche; über 20 Meter lang. Sie endet in dem kleinen Pool, der oberhalb der Einfahrt ist", sagte Ho. „Das gab es aber schon, als ich das Haus gekauft habe. Die Rutsche habe ich extra für heute noch einmal auf den neusten Stand bringen lassen, so dass es richtig rasant bis unten geht."

„Ich hatte mich schon gefragt, was das ist", sagte Long.

„Darf ich die Rutsche ausprobieren?"

„Klar!", sagte Ho. „Aber die erste Fahrt mache ich! Schließlich muss ich ja sehen, ob alles funktioniert, bevor ich meine Gäste hinunter sausen lasse. Nicht, dass einem von euch etwas passiert!"

„O.K.", sagte Long, „schließlich feierst du Geburtstag."

Kurz nachdem alle Gäste angekommen waren, hatte sich Meng in das Wärterhäuschen zurückgezogen. Dann war ein Liefer-wagen vorgefahren, und er war aus dem Häuschen gekommen. „Was wollen Sie hier?", fragte er.

---

1   Die lange Geburtstagsnudel soll Glück, Gesundheit und ein langes Leben garantieren

„Ich habe eine Überraschung für Herrn Ho", sagte der Fahrer und zog eine Laserpistole aus der Hosentasche.
„Was ist …"
Weiter kam Meng nicht.
Der Fahrer öffnete die hintere Tür, nahm einen großen Bottich heraus und ging damit an den kleinen Pool am Ende der Rutsche. Er schüttete den Inhalt des Bottichs hinein, ging zurück, holte einen zweiten Bottich heraus und leerte auch diesen aus.
Dann stiegt er wieder in seinen Wagen und fuhr davon.

Ho und seine Gäste hatten nichts davon mit bekommen, weil sie keine Sicht auf die Einfahrt und den kleinen Pool hatten.
Inzwischen war Ho zur Rutsche gegangen und die fünf Stufen nach oben gestiegen. Aus den seitlichen Öffnungen an der Rutsche wurde Wasser hinein gespritzt; ganz so, wie sich Ho das vorgestellt hatte.
Long war auch schon nach oben gekommen.
„Los, mach schon!", sagte er.
Ho drückte sich ein wenig nach vorne und die Fahrt begann.
Als er um die letzte Kurve kam, sah er, dass in dem kleinen Pool Fische waren.
‚Wie kommen die denn dahin?', fragte er sich.
Er platschte in das Becken.
Sofort fielen die Fische über ihn her.
Unterdessen war auch Long unterwegs und hörte Hos Schreie.
Als er um die letzte Kurve kam, sah er den Grund dafür:
Das Wasser war blutrot; die Fische hatten sich auf Ho gestürzt und rissen ihn in Stücke. Longs Pech war, dass die Fische noch Appetit hatten, als er im Becken ankam.

Hos Frau und die anderen Gäste waren inzwischen herübergelaufen. Fassungslos sahen sie, wie die Piranhas Ho und Long bis auf die Knochen auffraßen.
Jie hatte in Richtung der Toreinfahrt geschaut und gesehen, dass Meng leblos am Boden lag.

„Und", sagte Lucca, „habe ich zu viel versprochen? Das ist doch wirklich eine ganz ausgefallene Methode, jemand ins Jenseits zu schicken, oder?"

Michael und Torben waren kurz sprachlos. Dann sagte Torben:

„Meint ihr, dass Danielo mitbekommen hat, wer seine Kollegen auf dem Gewissen hat, und sich rächen wollte?"

„Möglich", sagte Lucca, „schließlich hatte er im Bunker ja seine Verlobte verloren! Auch wenn es mit dieser Barbara etwas anders war, als er sich das vielleicht gedacht hatte."

Die Andeutung reichte, um wieder Spannung aufzubauen.

‚Der kann seinen Kindern sicher ganz toll vorlesen!', dachte Michael etwas neidisch.

„Ich habe von der Sekretärin in der Softwarefirma erfahren, dass die Verlobung aus der Sicht von Barbara ein Missverständnis war, weil sie eigentlich eine Freundin hatte."

Er erzählte kurz die Geschichte, die ihm Silvia erzählt hatte.[1]

Die Kommissare kamen aus dem Staunen kaum heraus.

„Das reicht ja fast für einen kleinen Beziehungsroman", sagte Torben.

„Oder für eine Geschichte in der Bravo", sagte Michael.

„Jetzt will ich aber die Geschichte von dem Makler hören", sagte Torben.

Lucca begann:

„Angefangen hat das Ganze, kurz nachdem sich Danielo bei euch verabschiedet hat. Danielo hatte seine Villa an eine Immobilienfirma hier in Senigallia verkauft. Das war eine Firma, bei der nicht lange überlegt wird, wenn ein gutes Geschäft möglich ist. Die hatte allerdings ein Problem:

Eine alte Frau in dem kleinen Ort, das ist Sant'Angelo, ein Ortsteil von Senigallia, erzählte den Interessenten gerne, dass es in der Villa spuken würde. Sie sprach vom 'Geist Danielos', der nach seinem Feuertod sein Haus nicht aufgeben wollte."

---

1   Danielo und Barbara hatten etwas zu viel getrunken und dann war *es* passiert.
     s. Das Projekt Duplo - Der Beginn

Michael musste lachen.

„Ich habe gestern in einem Online-Wörterbuch nachgesehen, was Danielos Nachname auf Deutsch heißt:
'Schatten' oder ' Geist' habe ich gefunden! Passt doch!“

Lucca hatte sich über Danielos seltsamen Nachnamen noch keine Gedanken gemacht. Dafür gab es zu viele Namen, die seltsam erschienen.

„Die Alte ist tot. Man mutmaßte, dass sie erschlagen worden ist. Rialzato von der Stato hat die Geschichte aber schnell abgehakt und erklärt, dass sie unglücklich auf den Kopf gefallen ist und sich dabei den Schädel eingeschlagen hat.“

Michael schluckte und sagte: „Und dann?“

„Ein paar Tage später hat sich der Makler mit Rialzato an der Penelopebüste am Hafen getroffen. Rialzato hatte uns gesagt, dass Strozzino, der Makler, erpresst würde, und sie den Erpresser bei der Geldübergabe festnehmen wollten. Er hatte viel Personal eingesetzt, aber umsonst!“

Er machte eine kurze Pause.

‚Schön den Spannungsbogen hoch halten‘, dachte Michael.

„Und? Ist ein Hai aus dem Meer gesprungen und hat ihn mitgenommen?“

„Nein, nein“, sagte Lucca. „So spektakulär wie bei dem Chinesen war es nicht. Er ist erschossen worden. Vor Rialzatos Augen. Das hat den echt gewurmt!“

Torben konnte sich das vorstellen.

„Wobei 'erschossen' eigentlich nicht der richtige Ausdruck ist. Das war schon etwas Besonderes. Der Makler hatte ein Loch im Schädel, als wenn ihm jemand eine Kugel hinein gejagt hätte. Das Loch war aber sehr klein, vielleicht 2 Millimeter. Wirklich seltsam ist aber: Es war kein Durchschuss, und trotzdem hat man bei der Autopsie keine Patrone gefunden. Als hätte sie sich im Kopf einfach aufgelöst!

Genau da gibt es einen Zusammenhang mit dem Mord an dem Chinesen: Dessen Wachmann hatte genau so ein Loch im Kopf, wie der Makler.“

Torben staunte.

„Wisst ihr, woran mich das erinnert?", sagte er und wartete die Reaktion der anderen ab.

„Nun sag' schon, an was denn?", fragte Michael.

„In den Star-Wars-Filmen hatten sie doch Laserschwerter und andere Waffen, die es noch nicht gibt. Letztens habe ich aber gelesen, dass die Amerikaner schon eine Laserkanone gebaut haben. So wie ein Laserpointer, aber tausendmal stärker. Meint ihr, dass es ein genialer Physiker geschafft hat, eine Laserpistole zu bauen?"

Michael hatte kapiert, was Torben damit sagen wollte.

„Ein genialer Physiker? Meinst du etwa Danielo?"

„Möglich", sagte Lucca, „aber das war nicht der einzige Fall, bei dem diese mysteriöse Waffe zum Einsatz gekommen ist. Was mich an der Theorie, dass es Danielo gewesen sein könnte, aber stört: Wie soll er von der Erpressung erfahren haben, und welches Motiv sollte Danielo für die Tat haben? Er hatte die Villa doch verkauft, und es konnte ihm egal sein, was der Makler damit macht!"

„Vielleicht war es ja sein Bruder!", sagte Michael.

„Sein Bruder?"

Lucca war erstaunt.

„Danielo hatte einen Bruder? Das ist mir nicht bekannt!"

„Siehst du", sagte Michael, „es ist nicht nur so, dass wir Neues von dir hören. Wir können dir auch etwas Neues erzählen.

Ob der Mann, von dem wir sprechen, wirklich Danielos Bruder ist, können wir nicht hundertprozentig sicher sagen. Aber es spricht einiges dafür. Zum einen sein Aussehen: Er sieht Danielo so ähnlich, dass ein Mann aus der Softwarefirma gegenüber des Bunkers gleich 'Danielo' gesagt hat, als ich ihm das Foto zeigte. Aber der Kellner hier aus dem Hotel hat ihn als 'Ricardo' identifiziert."

„Wer ist Ricardo?", fragte Lucca.

„Ricardo hat hier als Hausmeister gearbeitet, ist aber vor kurzem weggegangen. Der Kellner meinte, er sehe dem Mann auf meinem Foto sehr ähnlich, habe aber die Haare anders."

Michael hatte inzwischen das Foto vom Stammtisch auf seinem Smartphone aufgerufen und zeigte es Lucca.

„Das ist der Danielo aus unserem Dorf, von dem ich gestern sprach. Wir haben aber recherchiert und sind uns sicher, dass er, als unser Sohn hier den Hausmeister gesehen hat, auf keinen Fall hier gewesen sein kann."

Lucca sagte: „Das gibt mir eine völlig neue Sicht auf manches, was hier passiert ist. Wenn es diesem Mann praktisch doppelt gibt, dann erklärt das einen Fall, der mir bisher Kopfzerbrechen gemacht hat. Es gab vor Jahren einen Einbrecher, den eine alte Frau gesehen hatte, der aber ein sicheres Alibi hatte."

Er erklärte den Kommissaren, dass es eine Einbruchsserie gegeben hatte, und dass sie einen Mann festgenommen und vor Gericht gebracht hatten. Eine Freundin des Beschuldigten hatte aber vor Gericht ausgesagt, dass sie diesen Mann an dem Abend im Kino gesehen hatte.

„Ich frage morgen die Kollegen, ob sie mir den Namen des Mannes und seiner Entlastungszeugin geben können. Ich könnte mir denken, dass es sich um den Bruder Danielos gehandelt hat."

Lucca schaute auf die Uhr.

„Ich denke, wir sollten uns auf jeden Fall noch mal hier treffen. Die nächste Flasche Wein zahle ich aber!"

Michael hatte auch auf die Uhr geschaut und war erstaunt, wie spät es schon war.

„O.K.", sagte Michael. „Sollen wir uns gleich morgen Abend wieder treffen?"

„Wenn eure Frauen nichts dagegen haben", sagte Lucca, „dann gerne!"

„Abgemacht", sagte Michael.

„Bevor ich es vergessen", sagte er zu Lucca. „Kannst du ermitteln, ob Danielos Villa inzwischen verkauft wurde?"

„Ich frage mal einen Kollegen von der DIA[1]. Der müsste das wissen!"

---

1 Direzione Investigativa Antimafia - Italienische Kriminaleinheit zur Mafiabekämpfung

Als Lucca gegangen war, sagte Michael noch:
Also langsam haben wir uns aber Sonderurlaub verdient. Oder meinst du nicht?"
Torsten nickte. „Verdient auf jeden Fall. Ich bin gespannt, was uns der Kollege noch alles zu erzählen hat. Bisher hat er nur von einer Schlacht gesprochen. Für einen 'Krieg' war das noch zu wenig!"

24

Am Abend saßen die Kommissare wieder zusammen auf der Terrasse.

„Du hast bei unserem ersten Treffen angedeutet, dass wir mehr als eine Flasche Wein brauchen, wenn du uns alles erzählen willst, was in den letzten Monaten hier passiert ist. Was gab's denn noch?"

„Der Makler, von dem ich gestern sprach, war bei einer Firma namens 'casa onorata' angestellt. Wir vermuten, dass dort nicht nur teils dubiose Geschäftspraktiken üblich waren, sondern dass auch Geldwäsche betrieben wurde."

„Du redest in der Vergangenheitsform. Gibt es die Firma nicht mehr?"

Lucca schüttelte den Kopf.

„Die Firma gibt es noch, aber die Mitarbeiter sind alle neu. Die alte Belegschaft wurde komplett ausgelöscht!"

„Wie ist das passiert?"

„Vergiftung! Jemand hat über die Klimaanlage giftige Gase in das Haus geleitet. Wahrscheinlich wurde ein Giftcocktail eingesetzt, der schnell ohnmächtig macht und nach wenigen Minuten den Tod herbeiführt."

Michael musste erst einmal schlucken.

„Konnte der Täter ermittelt werden?"

„Natürlich nicht. Weil keinerlei Spuren hinterlassen wurden, vermuten die Kollegen, dass eine Drohne eingesetzt wurde, die auf dem Dach gelandet ist, und mit der das Gift in die Klimaanlage eingeführt wurde. So eine Drohne lässt du nachher wieder weg fliegen, und es gibt keine Spuren! Die DIA überwacht seitdem diese Firma, das heißt, sie hat einen Mann eingeschleust."

Lucca nahm sich einen Schluck aus seinem Glas, dann ging es weiter.

„Zu der Sache mit dem Einbrecher: Ihr habt doch gehört, dass Danielos Bruder Ricardo hier als Hausmeister gearbeitet hat. Das war aber erst nach der Sache im Bunker. Vorher hat er sich mit Handlangerarbeiten über Wasser gehalten, und, so wie ich jetzt glaube, auch als Gelegenheitseinbrecher."

„Jetzt mach' es nicht zu spannend!", sagte Michael. „Wer war die Entlastungszeugin?"

„Das war ein Mädel, das hier im Hotel an der Rezeption gearbeitet hat. Elena hieß sie."

„Und die ist auch nicht mehr da, wie Ricardo", sagte Michael. „Das ist doch wohl so, oder?"

„Genau", sagte Lucca. „Es heißt, dass sie zusammen mit Ricardo in ihre alte Heimat nach Kroatien gegangen ist, und dass die beiden dort ein eigenes Hotel aufmachen wollen."

„Ich könnte mir denken, woher sie das nötige Kleingeld haben", sagte Torben. „Das kam sicher aus der Gelddruckmaschine von Danielo!"

„Gelddruckmaschine?"

Jetzt war Lucca wieder derjenige, der heiß auf Neues war.

Michael ließ ihn auch ein bisschen zappeln, trank in Ruhe noch einen guten Schluck aus seinem Glas, dann klärte er seinen italienischen Kollegen auf.

„Danielo hat bei uns in Deutschland Falschgeld produziert, das eine so hohe Qualität hatte, dass sogar die Prüfapparate bei den Banken es nicht als Fälschung erkannt haben!"

„WOW!", sagte Lucca erstaunt. „Dann vermute ich mal, dass sich Danielo mit dem Wissen aus dem Labor eine Maschine gebaut hat, die das konnte. Langsam fange ich an, diesen Mann nicht mehr für einen sehr guten Physiker zu halten. Der Mann muss ein kleines Genie gewesen sein; oder eher, immer noch ein kleines Genie sein."

Er machte eine kurze Pause, dann fügte er hinzu: „Er wäre nicht der erste, der aufgrund unglücklicher Umstände in eine Situation gekommen ist, die ihm eine Chance bietet, die illegal ist, aber so verlockend, dass er vom rechten Weg abgekommen ist."

„Das hast du jetzt aber sehr schön ausgedrückt", sagte Michael.

„Bei uns sagt man einfach: 'Gelegenheit macht Diebe'!"

„Den Ausdruck kennen wir hier auch", sagte Lucca. „Aber ich wollte damit deutlich machen, dass es wirklich vorkommt, dass Leute nicht deswegen zum Verbrecher werden, weil sie von sich aus kriminell sind, sondern einfach in seine solche Sache hineinrutschen."

„Der arme Kerl", sagte Michael etwas mitleidvoll. „Er kann gar nicht dafür, dass er ein Verbrecher ist. Er ist doch eigentlich ein guter Mensch!"

Torben grinste, aber Lucca hatte noch einen anderen Aspekt, den er bei der Sache sah:

„Wisst ihr, wenn wir davon ausgehen, dass Danielo, vielleicht auch Danielo und Ricardo, oder auch eine größere Gruppe, diese Taten begangen haben, dann sage ich euch jetzt etwas, dass ich eigentlich nicht sagen darf, und das ihr bitte auch nicht gehört habt:

Wir sind auf der Seite des Gesetzes. Aber wir müssen uns auch an die Gesetze halten, im Gegensatz zu denen, die wir bekämpfen sollen. Manchmal würde ich mir wünschen, wir könnten mit ähnlichen Methoden arbeiten, wie die anderen. Gleichberechtigt, oder so. Ich glaube, dass Danielo und Co. genau das tun. Sie haben technische Möglichkeiten, über die wir nur staunen können. Aber abgesehen von dem Falschgeld, das sie produzieren, tun sie doch eigentlich genau das, was wir gerne machen würden, wenn wir könnten!"

Michael und Torben waren erstaunt über Luccas Offenheit; andererseits hatte er Recht.

„Aber wenn jeder anfangen würde, selber Richter und Henker zu spielen? Das ginge auch nicht!", sagte Michael.

Nach einer kurzen Pause fragte er:

„Aber du hattest doch angedeutet, dass es hier einen ‚Krieg gegen die Gomorrha' gibt. Was meintest du damit?"

„Nun", sagte Lucca, „wir, das heißt die DIA, haben einige Leute im Visier, was das organisierte Verbrechen angeht, aber wir können ihnen meistens nichts nachweisen. Von diesen Leuten sind in den letzten Wochen viele verschwunden. Einfach nicht mehr da. Es soll sogar Wirte geben, die keine Zahlungen mehr an die Security-Firma leisten, weil die Boten, die das Geld regelmäßig abholen, nicht mehr kommen.“

„Ich nehme an, dass du mit Security-Firma das meinst, was wir in Deutschland Schutzgelderpresser nennen. Also eine Zahlung an eine Gesellschaft, die dir mal eben den Laden verwüstet, wenn du nicht zahlst“, sagte Torben.

„Genau die meine ich“, sagte Lucca. „Hier bei uns haben sie offiziell Firmen aufgemacht, die ‘Securityleistungen’ anbieten. Die holen das Geld persönlich ab, damit man nicht so leicht nachverfolgen kann, wo das Geld hin geht. Aber irgendwie scheint jemand genau das zu wissen.“

Michael und Torben nahmen erst einmal wieder einen Schluck, dann sagte Michael:

„Meinst du, dass da auch Danielo und Co. hinter stecken, oder ist das eher ein Zufall?“

„Das ist schwierig einzuschätzen“, sagte Lucca. „Wenn das der Fall sein sollte, dann müssen sie aber einen in ihren Reihen haben, der sich mit Medien und Mikrotechnik sehr gut auskennt. Ich glaube sogar, ‘sehr gut’ ist untertrieben. Das muss schon eine Koryphäe sein!“

Die Polizisten waren so sehr in ihr Gespräch vertieft, dass sie nicht mitbekommen hatten, dass inzwischen Alfredo an einem der Nachbartische Platz genommen hatte. Als Michael ihn bemerkte, fragte er Lucca:

„Kennst du diesen jungen Mann auch?“

„Klar“, sagte der, „das ist der junge Programmierer aus der Softwarefirma, die gegenüber von dem Bunker war. Ich glaube, seine Freundin arbeitet hier. Die Silvia vom Empfang kennt ihr doch sicher!“

„Klar! Wir kennen ihn auch! Er hat uns darauf aufmerksam gemacht, dass die Vorfälle hier und bei uns Parallelen haben. Und Silvia meinte, dass wir besser nicht zur Stato gehen, sondern zu dir. Deswegen sind wir ja direkt zu dir gekommen!“

„Sollen wir ihn mal fragen, was er von der Sache mit den Geldflüssen bzw. der Verfolgung der Bargeldflüsse hält? Vielleicht kann er uns erklären, ob so etwas möglich ist!"
Lucca sprach Alfredo gleich an.
Da Alfredo kaum Deutsch sprach, führte er das Gespräch auf Italienisch. Aber er erzählte seinen Kollegen gleich, was sie gesprochen hatten.

„Entschuldigung, wenn ich störe, aber wir sind auf eine Sache gestoßen, von der wir keine Ahnung von haben. Sie sind doch bei einer Firma, die Sicherheitssoftware macht, oder?"
„Das stimmt", sagte Alfredo. „Woher wissen sie das?"
„Wir haben uns, nachdem dieses Unglück in dem Bunker passiert ist, natürlich auch mal umgehört, was sie machen."
„So, so", sagte Alfredo, „mal umgehört! Aber sie haben doch nicht etwa uns verdächtigt, etwas mit der Sache zu tun zu haben, oder?"
„Nein, keine Angst", sagte Lucca. „Aber wir sollten herausfinden, ob jemand in der Umgebung vielleicht eine Ahnung davon hatte, an was in dem Bunker wirklich gearbeitet wurde."
„Da kann ich wenig zu sagen", sagte Alfredo. „Es gab nur Gerüchte, dass dort an einem geheimen Projekt der Regierung gearbeitet wurde. Aber an was genau, das wusste von uns keiner!"
„Wollen sie Genaueres wissen?", fragte Lucca.
„Gerne", sagte Alfredo.
Lucca erzählte dann Alfredo, was sie bisher wussten. Als er erwähnte, dass Danielo in der Lage sei, perfektes Falschgeld zu machen, war Alfredo klar, woher Ricardo das Geld hatte, das er ihm bzw. dem Makler für die Villa gegeben hatte.
„Wie weit sind dann ihre Kollegen mittlerweile, wenn es um Personenüberwachung mithilfe von Handys oder Smartphones geht?", fragte Lucca.

„Sehr weit!", sagte Alfredo. „Wenn sie es schaffen, auf den Geräten der Verdächtigen eine bestimmte App zu installieren, oder sie ihnen über Spiele-Downloads unterzujubeln, dann haben sie vollständigen Zugriff darauf."

„Wie meinen sie das?"

„Nun, man kann die Bilder von der Kamera sehen, über das Mikrophon hören, was in der Umgebung gesprochen wird, und über GPS den genauen Standort herausfinden!"

Als Lucca ihnen das alles erzählt hatte, fiel Michael nur ein Satz dazu ein: „Big brother is wathing you!"

„Machen das denn deine Kollegen von der DIA auch?", fragte Torben.

Lucca zuckte mit den Schultern. „Manchmal glaube ich, dass bei denen keine besonders guten Leute sind, oder dass sie von höherer Stelle aus ausgebremst werden. Aber was die DIA angeht, kann ich euch noch eine Story erzählen."

„Lass hören", sagte Michael.

Lucca erzählte die Geschichte dann so, als wenn es eine Episode aus einem Film oder einem Buch wäre.

25

Tito wohnte in einem Appartement in einem Hochhaus in der Nähe der Viale dei Gerani.

Stanlio und Olio, die Agenten der DIA, standen mit ihrem Wagen auf dem Lidl-Parkplatz, von wo aus sie sehen konnten, wer das Haus betrat. Es war schon nach Mitternacht und dunkel, aber in der Wohnung des Verdächtigen brannte noch Licht. Der Tippgeber hatte ihnen gesagt, dass der Lieferant immer ziemlich genau eine halbe Stunde nach Mitternacht kam. Jetzt war es 0:25 Uhr.

Ein unscheinbarer weißer Lieferwagen kam von der SS16 und hielt vor dem Haus an. Ein dunkel gekleideter Mann stieg aus und betrat das Haus. Wie bei vielen der Mietshäuser in der Gegend waren die Haupteingänge nie verschlossen, aber der Hinweis auf die Videoüberwachung schreckte unerwünschte Besucher ab.

Kurz darauf kam ein Fußgänger mit einem Rucksack um die Ecke und betrat ebenfalls das Haus.

„Was der wohl in seinem Rucksack hat?", fragte Stanlio.

Was sich jetzt im Haus abspielte, konnten Stanlio und Olio nicht sehen.

Kurz darauf kam der erste Mann wieder aus dem Haus, ging zum Lieferwagen, fuhr rückwärts auf das Haus zu und hielt vor der Tiefgaragenzufahrt an.

„Ob sie jetzt die Ware ausladen?", fragte Olio.

„Möglich", sagte Stanlio, „aber für das Zeug brauchen sie doch keinen Lieferwagen! Es sei denn, dass sie den Stoff in einem Umzugskarton oder so etwas versteckt haben."

„Glaube ich nicht", sagte Olio. „Der Lieferwagen hat sicher mit der Lieferung nichts zu tun. Pass lieber auf, ob der andere wieder rauskommt!"

Der Fahrer und ein zweiter Mann hatten etwas Schweres in den Wagen geladen, die Heckklappe wieder verschlossen und fuhren los. „Ob der zweite Mann derjenige war, der zu Fuß gekommen ist?", fragte Stanlio.

„Keine Ahnung“, sagte Olio. „Was machen wir jetzt?“

„Ich schlag vor, wir fahren dem Lieferwagen hinterher!“, sagte Stanlio.

Der Lieferwagen war auf die SS16 gefahren, auf die Via Rovereto abgebogen, dann auf die Viale dei Pini und fuhr jetzt auf der Strada del Giardino in Richtung Sant’Angelo.

„Ich glaube, wir werden verfolgt“, sagte der Fahrer, der im Rückspiegel gesehen hatte, dass ihnen ein anderes Auto folgte. Mal war es etwas näher, dann wieder etwas weiter weg.

„Das haben wir gleich“, sagte der Beifahrer, schnallte sich ab und öffnete den Durchgang zum Laderaum. Er schaltete eine Drohne ein, nahm das Steuergerät in die Hand und setzte sich vor die Hecktür.

„Jetzt führen wir unsere Verfolger mal ein wenig an der Nase herum!“, sagte er. „Fahr’ ein wenig im Kreis und dann an eine Ecke, wo unsere Verfolger uns kurz aus den Augen verlieren!“

Der Fahrer fuhr durch Sant’Angelo, bog rechts in die Via Passera ab und fuhr dann durch Borgo Passera auf die SS360 wieder in Richtung Senigallia.

„Sind sie immer noch hinter uns?“, fragte er.

„Ja!“

„Aber nicht mehr lange“, sagte der Fahrer.

An der Via Caduti sui Lavoro bog er scharf rechts ab und schaltete das Licht aus. Der Beifahrer ließ die Drohne starten und die parallel verlaufende Zufahrt zu den alten Kiesgruben entlang fliegen.

Die Verfolger hatten gesehen, dass der Lieferwagen rechts abgebogen war.

„Da vorne sind sie“, sagte Stanlio, als er die roten Rücklichter sah.

„Kennst du dich hier aus?“, fragte er.

„Ein bisschen“, sagte Olio. „Da vorne geht es über einen Schotterweg zu alten Kiesgruben.“

„Die fahren aber ganz schön flott“, sagte Stanlio.

Der Beifahrer war zufrieden. Wie erwartet fuhren die Verfolger der Drohne mit ihren täuschend echten Lichtern hinterher.

Er konnte auf seinem kleinen Monitor über die Kamera in der Drohne deren Weg verfolgen. Das Scheinwerferlicht reichte, um zu sehen, wohin die Drohne flog. Die Lichter waren so gemacht, dass man nicht erkennen konnte, dass es sich nicht wirklich um ein Auto handelte. Und solange die Drohne nicht weiter als etwa fünfhundert Meter weg war, reichte die Sendeleistung aus, um sie fernzusteuern.

Stanlio hatte die Scheinwerfer ausgeschaltet, als sie zu den Kiesgruben abbogen, um unbemerkt zu bleiben.

„Mach' etwas flotter", sagte Olio. „Sonst verlieren wir sie aus den Augen!"

Stanlio folgte den Rücklichtern, die sich vor ihm in Richtung Norden bewegten.

Die Lichter folgten dem Weg am rechten Rand der Grube, die hier wieder etwas flacher war.

„Stopp!", rief Olio plötzlich.

Stanlio trat voll auf die Bremse, aber der Wagen war schon über eine Geländekante hinausgefahren, polterte einen steilen Hang hinunter, rutschte durch Büsche hindurch, über einen Weg hinweg und dann stand er mit den Vorderrädern einen halben Meter tief im Wasser.

„Was war das jetzt?", fragte Stanlio entgeistert.

Die Drohne, die über dem Wasser schwebte, drehte sich um 180° und die hellen Lichter, die sie für die Scheinwerfer gehalten hatten, strahlten in ihre Richtung. Jetzt konnten Stanlio und Olio sehen, dass sie in einen kleinen See hineingerutscht waren. Der Motor hatte Wasser geschluckt und ging stotternd aus.

Die Drohne blinkte ein paar Mal rot und weiß, dann schwebte sie davon.

„Wir Idioten sind die ganze Zeit einer Drohne hinterhergefahren", stammelte Stanlio.

„Und", sagte Lucca, „wie würdet ihr jetzt die Fähigkeiten der Kollegen von der DIA beurteilen?"

Michael und Torben hatten während Luccas Erzählung mehrfach ein Lachen unterdrückt. Jetzt prustete Michael es heraus:
„Das war wohl Slapstick in Perfektion, oder?"
„Das kannst du laut sagen", sagte Lucca. „Ich habe natürlich nicht die echten Namen der Kollegen genannt. Wisst ihr denn überhaupt, wer Stanlio und Olio sind?"
„Ich kann es mir denken", sagte Torben. „Stanlio müsste Stan Laurel und Olio müsste Oliver Hardy sein! Bei uns heißen sie 'Dick und Doof'. Dass die beiden bei euch so heißen, wusste ich zwar nicht, aber das passt doch perfekt!"
„Man muss aber dazu auch sagen, dass das ein gemeiner und perfekt ausgeführter Trick war, oder?", sagte Michael. „Wer hatte von Genie gesprochen?"
„Lucca war das", sagte Torben. „Und irgendwie hat er recht! Und ich kann mir gut vorstellen, dass die beiden in dem Lieferwagen Danielo und Ricardo waren."

Lucca wandte sich jetzt wieder an Alfredo und erzählte den beiden anderen nachher, was sie gesprochen hatten.

„Wie man feststellen kann, wo sich Personen aufhalten, haben Sie uns ja eben erklärt. Aber die Verdächtigen scheinen auch in der Lage zu sein, Geldströme zu verfolgen. Hätten Sie eine Idee, wie das funktionieren könnte?"
Alfredo schien zu überlegen.
Dann erzählte er, wie es funktionieren könnte.
„Also, das, was ich jetzt sage, ist aus meiner Sicht noch Science-Fiction. Mehr Fiction als Science allerdings.
Ich könnte mir vorstellen, dass es vielleicht in ein paar Jahren möglich sein könnte.
Die Euro-Scheine haben doch winzige Chips eingebaut oder zumindest etwas, das wie ein kleiner Chip aussieht. Wenn man in die Scheine tatsächlich einen winzigen Chip einbaut, der ein Signal aussendet und dieses Signal auffangen kann, dann kann man doch wenigstens ab und zu sehen, wo sich dieser Schein befindet."

„Wie soll das gehen? Der Chip bräuchte doch Strom, und das Signal wäre doch viel zu schwach, um es aus der Ferne wahr zu nehmen!“

„Das mit dem Strom könnte gehen“, sagte Alfredo. „Ich habe gelesen, dass es schon Herzschrittmacher ohne Batterie gibt, die die Energie aus der Spannung nehmen, die man im Körper hat. Die ist zwar sehr gering, aber wenn es für einen Schrittmacher reicht?“

„Dann bleibt aber immer noch das Problem mit dem Senden. Der Empfänger müsste doch in der direkten Umgebung sein, um das schwache Signal aufzunehmen!“, sagte Lucca.

„Da käme wieder das Handy oder Smartphone ins Spiel“, sagte Alfredo.

„Wie das denn?“

„Wenn jemand das Handy in direkter Nähe zum Portemonnaie hat, könnte es die Signale aufnehmen und dann mit seiner Sendeleistung ins WWW schicken. Aber wo ich das gerade sage, kommen mir schon Zweifel, ob das wirklich funktionieren könnte.“

„Aber wie sollen sie an die Daten der Banken kommen? Meinen sie, dass sie jemand haben, der sich in die Computersysteme der großen Banken eingeschlichen hat?“

Inzwischen hatte der Kellner eine neue Flasche Wein gebracht. An dieser Stelle machten Alfredo und Lucca eine kurze Pause, damit Lucca die beiden deutschen Kommissare wieder auf den gleichen Stand bringen konnte.

Torben brachte sich ein: „Es gäbe eine Möglichkeit, die Geldflüsse zu verfolgen. Bei uns in Deutschland haben wir bei einem Fall mit Falschgeld mit einer Bank zusammengearbeitet. Sie hat die Software, die die Geldscheine prüft, die von den Händlern und Supermärkten eingenommen werden, etwas erweitert: Beim Scannen wurden die Nummern der Banknoten ermittelt und in eine große Datenbank geschrieben. Dadurch konnten sie feststellen, wo das Falschgeld herkam.“

„Hat der Fälscher öfter die gleichen Nummern verwendet?", fragte Lucca.

„Das genau war der entscheidende Fehler!", sagte Torben. „Nur deswegen ist das Falschgeld überhaupt aufgefallen! Hatte nicht vorhin jemand davon gesprochen, dass Danielo wahrscheinlich ungewollt zum Verbrecher geworden ist, und vermutlich eher ein Genie als ein Bösewicht ist? Aber auch Genies scheinen Fehler zu unterlaufen!"

Nachdem Lucca jetzt den Übersetzer von Deutsch auf Italienisch gemacht hatte, fuhr Alfredo fort.

„Aber wie sollen sie an die Daten der Banken kommen? Meinen Sie, dass sie jemanden haben, der sich in die Computersysteme der großen Banken eingeschlichen hat?"
Lucca überlegte.
„Das kann ich mir nicht vorstellen. Aber das können Sie sicher besser beurteilen."
„Ganz klare Antwort", sagte Alfredo. „Eher nicht!"
Alfredo stand auf.
„Ich muss morgen wieder in Rom sein. Aber wenn Sie noch Fragen haben - ich kann Ihnen meine Handynummer geben."
„Gerne!", sagte Lucca.

Alfredo nahm eine Visitenkarte, legte sie auf den Tisch und ging. Nachdem Michael und Torben gehört hatten, was Alfredo gesagt hatte, meinte Michael:
„Also doch zu wenig Science und zu viel Fiction!"
Lucca zuckte mit den Schultern. „Die Nummern der Scheine werden nach meinem Kenntnisstand auch hier nicht standardmäßig ermittelt. Oder es wird vielleicht gemacht, ohne dass wir es wissen, und für die Geldwäschebekämpfung verwendet!"
„Darf ich die Nummer von Alfredo haben?", fragte Torben.
„Klar", sagte Lucca, der gerade dabei war, Alfredos Nummer seinen Kontakten hinzuzufügen.
„Du auch?", fragte Torben.
„Nein", sagte Michael, „es reicht, wenn du sie hast!"

Lucca hatte Alfredos Nummer seinen Kontakten hinzugefügt und wartete ab, bis auch Torben so weit war.

„Bei dieser Verfolgung waren unsere Kollegen von der DIA doch sehr erfolgreich", sagte er mit einem ironischen Lächeln. „Aber wir wissen inzwischen, wo die verschwundenen Männer geblieben sind!"

„Interessant", sagte Michael. „Ist das geheim, oder dürfen wir es wissen?"

„Kein Problem", sagte Lucca. „Ich erzähle es euch!"

26

Mario und Francesco saßen in der Eisdiele.

Mario hatte, wie versprochen, das Eis bezahlt, und alles war wieder gut.

„Vom See aus in den Stollen zu kommen, das können wir wohl für immer vergessen", sagte Mario.

„Und damit auch die Goldader", sagte Francesco.

Sie ließen sich das Eis schmecken.

Mario schien zu grübeln.

„An was denkst du?", fragte Francesco.

„Ich frage mich, ob es in den alten Stollen vielleicht mehr als einen Lüftungsschacht gegeben hat, oder ob der, durch den der Mann entkommen ist, der einzige war!"

Francesco überlegte, dann sagte er:

„Weißt du, auf der anderen Seite der Straße, wo es in Richtung Sant'Angelo den Berg hoch geht, da gibt es hohe Hecken und auch Bäume. Wie ein kleiner Wald. Und dahinter ist ein Feld, wo früher Olivenbäume gestanden haben. Der Stollen müsste eigentlich in diese Richtung führen. Sollen wir mal da hin gehen und nach einem Deckel suchen, so wie es einen auf der anderen Seite gibt?"

Mario dachte nicht lange nach.

„Klar!", sagte er. „Klasse Idee!"

„Aber erst, wenn wir das Eis aufgegessen haben!", sagte Francesco.

Sie radelten die Strada di San Gaudenzio entlang bis zu der Stelle, an der der Acker endete und stellten ihre Räder ab.

In Richtung des Sees waren es nur ein paar Meter. Der Zaun, der das Gelände abriegelte, war für sie kein Problem. Aber sie fanden nichts. Dann gingen sie auf die andere Straßenseite, wo direkt am Straßenrand Bäume standen. Sie gingen in Richtung Osten, wo das Grundstück an ein Feld grenzte.

Dabei sahen sie, dass ein Lieferwagen von der Straße aus ein Stück den Hang hinauf kam, in einen Weg zwischen die Bäume fuhr und stehen blieb.

Mario und Francesco hatten sich direkt, als der Wagen auf sie zu fuhr, im Gebüsch versteckt. Zwei dunkel gekleidete Männer stiegen aus und schauten sich um. Sie gingen ein paar Meter zwischen die Bäume, und die Jungen hörten sie ächzen, als wenn sie etwas Schweres heben würden. Dann gingen die Männer zurück zum Wagen, holten einen großen blauen Müllsack heraus und verschwanden damit zwischen den Büschen.

Kurz darauf kamen sie zurück, holten einen zweiten Sack aus dem Wagen und verschwanden wieder zwischen den Büschen.

Dann hörten die Jungen wieder, dass die Männer sich anstrengen mussten. Sie kamen zurück, schauten sich noch einmal um, gingen zurück zum Wagen, stiegen ein und fuhren davon.

Mario schaute Francesco an und sagte:

„Ich glaube, wir brauchen nicht mehr lange zu suchen!“

Sie gingen da hin, wo die Männer mit den Säcken gegangen waren, und sahen erst einmal nichts.

„Das muss doch hier sein!“, sagte Mario. „Sie sind doch nur ein paar Meter weit gegangen!“

Francesco schob mit dem Fuß das alte Laub zur Seite.

„Schau, hier ist es!“, sagte er.

Ein dunkler eiserner Deckel war zum Vorschein gekommen. Sie versuchten, ihn anzuheben, aber er war viel zu schwer für sie.

Sie schoben das Laub wieder auf den Deckel und gingen zurück zu ihren Rädern.

„Ich glaube, dass hier wirklich jemand Sondermüll rein schmeißt“, sagte Mario. „Aber bestimmt nicht erst seit kurzem. Die Mauer mit dem Schild unten im Stollen war mit Sicherheit schon älter.“

„Vielleicht wissen das die Männer, die wir gesehen haben, und sie nutzen die alte Höhle jetzt für ihren Müll!“

„Möglich! Aber richtig ist das auf keinen Fall. Stell dir vor, das Wasser aus dem See dringt in den Stollen ein, und der Giftmüll versaut es! Ich habe im Fernsehen mal eine Sendung gesehen, wo sie das gezeigt haben. Wenn das Wasser hinterher als Trinkwasser genutzt oder auf die Felder gesprüht wird, dann können alle krank werden!“

„Das heißt, wir müssen wieder zur Polizei gehen!"

„Klar", sagte Francesco. „Der Caporione freut sich doch sicher, wenn wir wieder kommen, und er etwas zu tun hat."

Eine Viertelstunde später stellten sie ihre Räder im Innenhof des Quartiers der Carabinieri ab.

Als Nanonaso die Jungen hereinkommen sah, sagte er gleich:

„Wir vermissen aber keinen Tresor mehr! Oder seid ihr wegen etwas anderem gekommen?"

Mario nickte.

„Wir haben einen Umweltfrevel anzuzeigen", sagte er, stolz darauf, ein so tolles Wort zu kennen.

„Erzähl!", sagte Nanonaso.

„Oben, wo der See an den alten Gruben ist, also auf der anderen Straßenseite, da hat eben einer blaue Müllsäcke in einen Lüftungsschacht geschmissen. Ich weiß nicht, was in den Säcken war, aber richtig kann das nicht sein!", sagte Mario.

Nanonaso zögerte nicht lange.

„Der Chef ist gerade unterwegs, aber er kommt in ein paar Minuten wieder. Wollt ihr solange warten?"

„Klar!", sagte Mario.

Sie durften an einem leeren Schreibtisch Platz nehmen.

Nanonaso kramte eine alte Polizeimütze aus dem Regal und setzte sie Mario auf.

„Hier, damit du nach den Ferien in der Schule was zu erzählen hast."

Dann nahm er sein Smartphone aus der Tasche und machte ein Bild von Mario mit Polizeimütze. Dann machte er das gleiche noch mit Francesco.

„Die Bilder bekommt ihr aber erst, wenn wir den Fall abgeschlossen haben!", sagte er grinsend.

Kurz darauf kam Caporione.

„Oh, neue Kollegen", sagte er. „Was habt ihr denn diesmal?"

Mario erzählte ihm, was sie beobachtet hatten.

„Cicci", sagte Caporione zu dem kräftigen Carabiniere, der an seinem Schreibtisch saß und amüsiert zugesehen hatte, was Nanonaso mit den Jungen angestellt hatte.

Ciccione kam zu ihnen herüber.

„Hast du mitbekommen, was die Jungen erzählt haben?"

„Habe ich", antwortete Ciccione.

„Kannst du mit den beiden mal eben da oben hinfahren und nachsehen?", fragte ihn sein Chef.

Er merkte, dass die Jungen etwas skeptisch guckten.

„Auch wenn ihr Cicci das nicht zutraut: Unser Kollege Ciccione sieht vielleicht nicht sportlich aus, aber er war mehrmals italienischer Meister im Gewichtheben, Schwergewicht. Und schnell ist er auch! Auch wenn er nicht so aussieht."

Die Jungen waren erstaunt. Cicci, wie ihn Caporione genannt hatte, sah eher aus, als wenn er gerne und viel aß, aber dass er ein toller Sportler gewesen war, hätten sie nicht gedacht.

„Seht ihr", sagte Caporione, „man darf einen Menschen nicht vom Äußeren her beurteilen, solange man ihn nicht kennt.

Cicci ist richtig stark. Ich habe ihn einmal zu einer Schlägerei geschickt. Da waren zwei verfeindete Jugendgangs aufeinander losgegangen. Als er kam, hat einer der Jungs gesagt:

„Hey Alter, was willst du?"

Dann hat er sich vor Cicci gestellt und gesagt:

„Wenn du was von uns willst, dann mach' mal!", und hat gelacht.

Da hat Cicci ihn gepackt und zwei Meter hoch in die Luft geworfen!"

Die Jungen staunten.

„Wie viele Knochen hatte er sich noch bei der Landung gebrochen?", fragte Caporione.

„Ich habe ihn nicht untersucht, das haben die Weißkittel im Krankenhaus gemacht. Aber es waren wohl mehrere!"

„Kommt, wir fahren mal da hin!", sagte Ciccione zu den Jungen.

„Aber wehe ihr habt uns angelogen. Dann schmeiße ich euch von da aus quer über die Straße rüber bis in den See!"

Caporione lachte.

„Glaubt ihm das nicht. Diskuswerfer war er nicht!"

Ciccione setzte die beiden Jungen in den Streifenwagen, und sie fuhren über die Gaudenzio und den Feldweg bis dahin, wo die Männer den Lieferwagen geparkt hatten.

Dann gingen sie bis zu der Stelle, wo der Deckel auf dem Lüftungsschacht lag.

Ciccione schob das Laub zur Seite, packte sich den Deckel und hielt ihn über seinen Kopf.

„Stark!", staunte Mario.

„Hier stinkt es aber eklig", sagte Francesco.

„Da hast Recht!", sagte Ciccione.

„Das stinkt wie in einer Tierkörperverwertungsanstalt!"

„In einer was?", fragte Mario.

Ciccione legte den Deckel schnell wieder an seinen Platz.

„Wie in einer Tierkörperverwertungsanstalt", wiederholte er. Wobei er jede Silbe extra betonte.

„Was ist das denn?", fragte Francesco.

Ciccione erklärte es ihm:

„Wenn Tiere sterben oder geschlachtet werden, dann bleiben doch Reste übrig. Die bringt man zu einer Fabrik. Man macht aus den Resten unter anderem Gelatine. Ist übrigens auch in Gummibärchen drin!"

„Was?", sagte Mario entsetzt. „In Gummibärchen? Ich dachte immer, dass die wie Wackelpudding gemacht werden!"

„Da kannst du mal sehen, was du noch alles nicht weißt!", sagte Ciccione. „In der Nähe von so einem Betrieb möchte ich übrigens nicht wohnen. Ihr merkt ja, wie das stinkt!"

„Meinst du, dass der Mann, den wir gesehen haben, hier Tierreste rein geworfen hat?"

„Möglich ist das, aber das können auch ganz andere Sachen gewesen sein."

„Kommt", sagte er zu den Jungs, „wir fahren wieder zurück. Ich denke, wir müssen Spezialisten herschicken. Ich klettere nicht in den Schacht runter!"

Als sie wieder auf der Wache waren, ging Ciccione zu seinem Chef und erzählte ihm, was er gesehen und gerochen hatte. Er wendete sich danach wieder den Jungen zu.

„Francesco, ihr habt doch nach dem Lüftungsloch gesucht. Konntet ihr nicht von unten in den Stollen gehen, wo die Männer den Sack rein geworfen haben?"

„Nein, das ging nicht", sagte Francesco. „Die Gänge teilen sich nach ein paar Metern. Auf der einen Seite ist der Gang nach einigen Metern zu Ende, und auf der anderen Seite ist er zugemauert worden."

„Zugemauert?", fragte Caporione.

„Zugemauert halt", sagte Mario. „Jemand hat in den Gang da hinten eine dicke Mauer gesetzt und ein Schild angebracht, das auf gefährliche Stoffe hinweist. Das sieht aus wie ein Schädel, mit zwei gekreuzten Knochen unten."

„Interessant", sagte Caporione. „Meinst du, dass dahinter der Raum sein könnte, in den der Lüftungsschacht führt?"

„Das könnte sein", sagte Mario. „Wenn ich die Entfernung vom See bis zu der Mauer richtig einschätze, könnte das passen."

Caporione und Ciccione sprachen leise miteinander. Dann kam Caporione zu ihnen.

„Erstmal danke ich euch, dass ihr uns das berichtet habt. Aber erzählt bitte keinem davon, bevor wir nicht genau wissen, was die Männer in den Schacht geschmissen haben. Wenn wir Genaueres wissen, sage ich euch natürlich sofort Bescheid! Ich glaube, eure Telefonnummern habe ich noch."

27

Als die Jungen weg waren, sagte Caporione zu Ciccione:
„Hast du dieselbe Idee wie ich, was unten in der Grube liegt?"
Ciccione nickte.

„Ich denke, dass wir da ein paar Leute oder die Reste von ein paar Leuten finden, die in der letzten Zeit spurlos verschwunden sind. Wahrscheinlich ist einer der Säcke beschädigt, und der Gestank in dem Schacht kommt von der Verwesung! Aber du brauchst mich nicht zu fragen. Ich klettere nicht da runter! Zum einen passe ich wahrscheinlich nicht durch die Röhre, und zum anderen wird man ohne Sauerstoffmaske eh nicht lebend da unten ankommen!"

Caporione nahm den Telefonhörer und sagte: „Ich rufe meinen Freund Manicetta an. Der wird sicher sehr erfreut sein, wenn ich ihm sage, dass er den See wieder so weit abpumpen soll, dass man in die unteren Gänge gehen kann. Ich denke, das ist der einzige Weg, um in diesen Raum in der Grube zu kommen."
„Wahrscheinlich wirst du auch deinen Freund Pala wieder mit ins Boot nehmen müssen. Wenn die Mauer wirklich so dick ist, wie die Jungs meinen, dann brauchen wir starke Maschinen!"
Der Feuerwehrmann hatte das Gespräch inzwischen angenommen.
„Ciao Roberto! Ich brauche noch einmal deine Hilfe."
Pause.
„Nein, es ist diesmal kein Tresor im See. Aber wahrscheinlich ein paar Leichen!"
Pause.
„Nein, nicht im See, sondern in einem der Gänge, die unter Wasser sind."
Pause.
„Ja, das muss sein."
Pause.
„Du bist wirklich ein zuverlässiger Kumpel! Ich danke dir schon einmal!"

Ciccione hatte zwar nicht gehört, was Manicetta gesagt hatte, aber er konnte sich es denken.

Caporione schaute kurz auf die Uhr, dann sagte er:

„Meinen Freund Pala rufe ich morgen an. Er ist um diese Zeit sicher nicht mehr im Büro. Außerdem hat mir Roberto gesagt, dass es mindestens zwei Tage dauert, bis sie wieder genug Wasser aus dem See gepumpt haben, und dann muss der Boden ein wenig trocknen, damit man zu dem Eingang rüber fahren kann."

Ciccione merkte, dass sein Chef noch über etwas nachdachte, dann grinste, aber nichts sagte.

„Ich kann mir denken, dass du eben daran gedacht hast, wie man diese Mauer klein kriegt! Aber ich bin nicht Obelix!"

Caporione lachte. „Ich werde dich demnächst mehr bei Verhören einsetzen. Gedankenlesen kannst du anscheinend!"

Es dauerte dann doch zwei Tage, bis die Feuerwehr den Wasserspiegel wieder so weit abgesenkt hatte, dass die Eingänge zu den Stollen ein wenig über dem Wasserspiegel lagen.

Pala hatte seine Hilfe zugesagt. Nicht ohne zu fragen, ob er wieder ein Auto aus dem See bergen müsse.

Caporione, Pala und Manicetta standen am Ufer und begutachteten die Lage.

„Ich habe ein Gerät, das wir bei Abbrucharbeiten einsetzen. Im Prinzip ist das ein fahrbarer großer Bohrmeißel. Ungefähr 50 Kilo bringt der auf die Waage. Meinst du, dass der Damm im See schon das Gewicht trägt, wenn wir rüber zum Eingang fahren?", fragte Pala den Feuerwehrmann.

Manicetta ging ein Stück nach vorne über den Damm und trat dabei immer wieder fest mit dem Absatz auf.

„Sieht gut aus", sagte er. „Der Damm besteht nicht nur aus Sand, es ist auch Kies drin. Das könnte klappen!"

„Dann hole ich mein Gerät mal rüber", sagte Pala und ging über den Hang, auf dem noch der Feuerwehrschlauch lag, zu seinem Wagen.

Manicetta ging mit ihm.

Pala klappte die Rampe nach unten. Dann zogen sie gemeinsam eine Schubkarre mit dem Gerät herunter und schoben es in Richtung See. Als sie am obersten Punkt waren, ging Pala nach vorn, Manicetta fasste die Karre hinten, und sie rollte langsam in Richtung Seeufer.

„Jetzt werden wir sehen, ob der Boden fest genug ist", sagte Pala.

Er dirigierte Caporione auf die linke und Manicetta auf die rechte Seite; er selbst nahm die Karre an beiden Griffen. Pala lenkte die Schubkarre so, dass das Rad immer genau in der Mitte des Damms blieb. Nach zwei Minuten hatten sie den Stolleneingang erreicht.

Manicetta nahm drei Stirnlampen aus der Tasche und verteilte sie. Marco und Francesco hatten ihnen den Weg genau beschrieben, und wieder ein paar Minuten später standen sie vor der Mauer.

„Und wo bekommen wir jetzt Strom für den Bohrmeißel her?", fragte Caporione.

„Kein Problem", sagte Manicetta, „ich habe einen Generator und ein langes Kabel mit. Wer von euch kommt noch mal mit zu meinem Wagen und hilft mir?"

Pala und Manicetta luden den Bohrmeißel ab, nahmen die Schubkarre und verschwanden nach draußen.

Caporione schaute sich derweil im Stollen um. Die Wände waren noch sehr feucht, und es tropfte an einigen Stellen. Er holte einen kleinen Klumpen Pyrit aus der Tasche, drückte ihn fest in einen Hohlraum an der Seite und grinste.

‚Für Marco und Francesco.'

Kurz darauf kamen Pala und Manicetta mit der Schubkarre an, luden den Generator ab, schlossen das Stromkabel an und Manicetta zog es von der Kabelrolle bis zu der Stelle, wo Caporione auf sie wartete.

„Gut, dass der Stollen bis hier nicht länger ist", sagte er. „Sonst hätten wir ein noch längeres Kabel holen müssen."

Er rief: „Fertig!", und Pala warf den Generator an.

Kurz darauf stand Pala mit dem Bohrmeißel an der Wand. Er meißelte zuerst ein paar Fugen frei, dann brach er einen Stein nach dem anderen heraus.

„Nicht besonders fest gebaut", sagte er. „Gut für uns!"

Nachdem er ein etwa einen Quadratmeter großes Stück freigelegt hatte, setzte er den Meißel an der Reihe an, die dahinter lag und horchte auf das Geräusch.

„Die Mauer scheint nicht ganz so dick zu sein, wie die Jungen vermutet haben", sagte er. Er meißelte ein paar Fugen in der zweiten Reihe frei, setzte dann den Meißel seitlich an und kurz darauf konnte er den ersten Stein herausbrechen. Es folgten mehrere weitere Steine, dann hatte er ein großes Stück der zweiten Reihe herausgebrochen.

Nachdem er wieder ein paar Fugen freigestemmt hatte, setzte er den Meißel mitten auf einen Stein. Der Stein wackelte und fiel dann nach hinten heraus.

Sofort kam ihnen ein strenger Geruch entgegen.

„Wir sollten schnell nach oben an den Lüftungsschacht gehen und den Deckel rausnehmen", sagte Caporione. „Dann kann der Gestank nach oben weg!"

Caporione und Manicetta machten sich gleich auf den Weg, während Pala die erste Reihe Steine so weit weg schlug, dass eine fast türgroße Nische entstand.

Dann wartete er, dass die beiden anderen wiederkamen.

Bald spürte er, dass die Luft durch die Öffnung, die er in die dritte Reihe geschlagen hatte, in den Raum hinter der Wand gesogen wurde.

Kurz darauf waren auch Caporione und Manicetta wieder da.

„Ich bin richtig gespannt, was wir da hinten alles entdecken", sagte Caporione.

„Wenn ich richtig gerechnet habe, müssten es mindestens zehn Leichen sein; alle aus der gleichen Familie."

Pala schlug noch zwei weitere Steine aus der dritten Reihe heraus. Caporione nahm eine starke Taschenlampe und leuchtete in den Raum.

Eine größere Zahl an Müllsäcken war zu sehen. Aus einem ragte ein Fuß heraus.

„O.K.", sagte er, nahm sein Smartphone und machte ein paar Bilder.

Sie gingen zurück zum Seeufer und setzten sich auf einen Baumstamm. Caporione rief auf der Wache an.

Ciccione meldete sich.

„Ciao Cicci", sagte Caporione. „Informiere bitte Burattino und Nanonaso, dass ich sie heute Nacht wieder in ihrer Lieblingsbeschäftigung als Nachtwächter[1] einsetzen will. Hier oben am See an der Gaudenzio. Sie sollen unter sich ausmachen, wer welche Schicht übernimmt."

Pause.

„Nein, sehr wichtig!", sagte er. „Tatortsicherung. Der erste von beiden soll sofort kommen!"

An Pala und Manicetta gerichtet sagte er mit einem ironischen Unterton: „Die beiden können das sehr gut; ich habe sie damals am Bunker dafür eingesetzt. Gut, dass es hier keine streunenden Katzen gibt!"

Er erzählte den beiden kurz die Geschichte mit der Beweisstücke stehlenden Katze von der Aktion vor zwei Jahren.

„Du musst aber auch jemand an das Loch oben setzen", sagte Pala.

„Du hast Recht", sagte Caporione. „Ich glaube es wäre besser, die Wachen oben hin zu setzen. Solange das Loch hier in der Wand nicht größer ist, brauchen wir diese Seite nicht extra zu sichern."

Er rief Ciccione noch einmal an und änderte seinen Einsatzbefehl.

Pala lachte. „Hast du dann auch daran gedacht, dass da oben aber streunende Katzen rumlaufen könnten?"

„Kein Problem", sagte Caporione. „Wenn sich eine Katze in den Schacht traut, dann ist sie selbst schuld, wenn sie mit den Leichen zusammen im Krematorium landet!"

---

1   Die beiden hatten den Bunker seinerzeit nachts bewacht - siehe „Das Projekt Duplo - Der Beginn

28

Am nächsten Tag ging die Arbeit an der Mauer im Stollen weiter.

Caporione hatte vorsichtshalber an einer geschützten Stelle eine batteriebetriebene Überwachungskamera installiert und sich den Film im Zeitraffer angesehen. Niemand war in die Grube gekommen.

„Vielleicht hätten wir das damals am Bunker auch machen sollen", sagte er.

Gegen Mittag hatte Pala die Mauer so weit abgebrochen, dass sie den Raum dahinter betreten konnten. Es roch noch streng, aber es war erträglich.

Plötzlich hörten Caporione und Pala, dass jemand in den Stollen gekommen und an der Mauer angekommen war.

„Seid ihr da drin?", rief jemand.

„Burattino", sagte Caporione leise zu Pala. Dann rief er mit dunkler Stimme: „Der Höhlengeist ist hier und wartet auf frische Nahrung. Komm rein!"

„Sehr witzig", kam von der anderen Seite aus, dann kam ein Mann in weißem Kittel herüber.

„Teschio!", sagte Caporione erstaunt. „Was machen sie denn hier?"

„Ganz einfach. Ihre Kollegen haben mich angefordert, weil es hier wohl ein paar Leichen zu untersuchen gibt!"

Burattino kam auch herein und sagte: „Ich hatte doch letzte Nacht viel Zeit zum Nachdenken. Da fiel mir ein, dass es ganz praktisch wäre, einen Leichenbeschauer hier zu haben!"

Teschio war inzwischen zuerst zu dem Müllsack gegangen, aus dem der Fuß herausragte.

„Mindestens zwei Wochen hier", sagte er. „Wobei ich lieber vorsichtig mit meiner Einschätzung bin, weil hier drin beson-dere klimatische Bedingungen herrschen."

Er öffnete den Sack komplett, schaute den Leichnam an und hatte schnell die Todesursache gefunden.

„Schau her", sagte er zu Caporione. „Ein kleines Loch in der Stirn, aus dem Flüssigkeit ausgetreten ist. Mit so einem Loch im Kopf bist du ruckzuck ohnmächtig, und ein paar Sekunden später tot."

„Ich hatte so etwas erwartet", sagte Caporione.

Burattino war herangekommen, hatte sich die Verletzung angesehen und pflichtete seinem Chef bei: „Wie bei den ungeklärten Fällen der letzten Monate."

Caporione wendete sich dem Leichenbeschauer zu.

„Ich denke, wir sollten die Leichen in die Pathologie schaffen, obwohl ich mir sicher bin, dass sie alle die gleiche Verletzung haben."

„Ich habe auch einen Kleintransporter kommen lassen", sagte Burattino. „Er steht oben hinter dem Damm in der alten Kiesgrube. Und ein paar Leute zum Tragen habe ich auch organisiert!"

„Hätte ich dir nicht zugetraut", sagte Caporione lobend zu Burattino.

„Dann hol' sie rüber und wir fangen an!"

Die Untersuchung wurde von der Stato weitergeführt, aber Caporione hatte darum gebeten, informiert zu werden, sobald Ergebnisse vorlägen.

Zwei Tage später meldete sich Stagnaio.

„Es ist so, wie wir erwartet haben. Die unterste Schicht der Familie dürfte fast komplett ausgelöscht worden sein. Von den anderen ist keiner dabei."

29

Ricardo hatte Alfredo inzwischen gesagt, dass die Operation, für die er ihn angeheuert hatte, abgeschlossen sei und ihm die Papiere und die Schlüssel für die Villa übergeben.
Silvia war positiv überrascht gewesen, weil sie Alfredo nicht zugetraut hatte, die Villa so schnell an sich zu bringen.
Alfredo hatte sie auf dem Weg nach Rom in Senigallia abgeholt, und jetzt saßen sie auf der großen Couch im Wohnzimmer.
„Irgendwie habe ich das Gefühl, dass mich jemand beobachtet", sagte sie.
„Du glaubst aber doch nicht im Ernst die Geschichte mit dem 'Geist Danielos', von dem die Alte immer erzählt hat."
„Die arme alte Frau", sagte Silvia traurig. „Die Nachbarn sind übrigens der Meinung, dass sie in Wirklichkeit nicht wegen ihres Ausrutschers gestorben ist, sondern glauben, dass sie ermordet wurde!"
„Das wäre schlimm!", sagte Alfredo.

Sie saßen noch einige Zeit zusammen, dann machte sich Alfredo auf.
„Ich muss Morgen wieder um acht in Rom in der Firma sein. Sei mir bitte nicht böse, wenn ich gleich fahre."
„Du kommst aber doch am Freitag wieder, oder?", fragte sie. „Oder willst du unter der Woche noch einmal rüber kommen?"
Alfredo schüttelte den Kopf.
„Ich habe eine heftige Woche vor mir. Da werde ich es sicher nicht schaffen, zwischendurch noch einmal zu kommen. Wenn du Lust hast, hin und wieder hier zu sein, kannst du das ruhig machen. Ich lasse dir einen Schlüssel da. Könnte doch sein, dass du noch ein bisschen mit der Rennbahn spielen willst!"
„Meinst du, ich hätte Talent dafür? Als ich vorhin ein paar Testfahrten gemacht habe, war ich regelmäßig in den Leitplanken. Gut, dass das den Autos anscheinend nichts ausmacht."
Alfredo packte seine Sachen zusammen und war bereit, in Richtung Rom aufzubrechen.

„Hast du mein Handy irgendwo gesehen?", fragte er. „Ich weiß nicht, wo ich es gelassen habe. Kannst du mich noch einmal kurz anklingeln, dann höre ich vielleicht, wo es liegt, und finde es noch, bevor ich fahre."
Silvia nahm ihr Handy und wählte Alfredos Nummer.
„Hörst du etwas?", fragte sie.
„Nein", sagte Alfredo. „Verdammter Mist, das ist wirklich schlimm! Ich habe zwar in Rom noch ein zweites Gerät, aber auf dem einen sind ein paar wichtige Programme. Es darf auf keinen Fall in fremde Hände geraten!"
„Ich passe auf, dass es kein anderer bekommt!", sagte Silvia.
„Du kannst aber doch auch die SIM-Karte sperren lassen. Dann kann wenigstens keiner was mit deinem Handy anfangen, wenn er es findet. Und außerdem glaube ich fest daran, dass es irgendwo hier im Haus herumliegt und dich auslacht!"
„So ist das meistens", sagte Alfredo. „Du hast doch meine Dienstnummer in Rom. Ruf mich bitte an, wenn du das Gerät finden solltest, O.K.?"
„Klar, mach' ich", sagte Silvia.
„Dann bis Freitag!"
Silvia drückte ihn noch einmal fest, gab ihm einen Kuss und winkte ihm nach, bis er um die Ecke war.
Dann saß sie allein auf der Couch.
„Guck mich nicht so an!", sagte sie zu dem Zebra und lachte.
„Wenn du sprechen könntest, dann wäre ich wenigstens nicht so allein hier!", sagte sie.
Das Fernsehprogramm war nicht besonders lockend, also ging Silvia nach oben in das Spielzimmer und versuchte noch einmal ihr Glück auf der Rennstrecke.
Immer wieder landete das Auto in der dritten Kurve in der Leitplanke. Nur wenn sie ganz langsam fuhr, schaffte sie eine komplette Runde. Sie war schon etwas frustriert und wollte gerade aufhören, als sie eine Stimme hörte.
„Du musst an der Stelle bremsen, wo vor der Kurve der Streckenposten steht!", sagte eine ihr unbekannte, sympathisch klingende Stimme.

Silvia erschrak heftig und schaute sich schnell im Raum um. Niemand zu sehen! Sie ging an die Türe und schaute hinaus in den Flur; auch da war niemand.

Sie ging wieder an die Rennbahn.

„Versuch's doch noch mal und halt dich an meine Anweisung!", sagte die Stimme.

Silvia setzte sich auf den Stuhl, der auf Höhe der Start-und-Ziel-Geraden neben der Rennbahn stand.

Ihr Herz schlug rasend.

Als sie sich ein wenig beruhigt hatte, versuchte sie es noch einmal. Genau an der Stelle, wo der Streckenposten vor der dritten Kurve stand, bremste sie den Wagen ab. Tatsächlich kam er um die Kurve, ohne aus der Bahn zu geraten. Zwei Kurven später waren dann die Leitplanken wieder gefragt.

„Das ist bei allen Rechtskurven so", sagte die Stimme. „Du musst immer spätestens da bremsen, wo ein Streckenposten steht. Dann klappt das!"

Silvia überlegte. War die Strecke vielleicht so gebaut, dass das Steuerprogramm die Anweisungen gab, wenn sich ein Möchte-Gern-Rennfahrer überschätzte, oder war es wirklich der 'Geist Danielos', der zu ihr sprach?

„Bei den Linkskurven ist das etwas anders", sagte die Stimme jetzt.

„Wenn du nicht zu schnell bist, dann musst du da bremsen, wo die Schutzplanken anfangen! Probier's doch noch mal!"

Silvia wusste zwar immer noch nicht, wer mit ihr sprach, aber sie machte einfach das, was die Stimme ihr riet.

Tatsächlich schaffte sie es nach ein paar Runden, relativ zügig und ohne Ausrutscher um die ganze Anlage herum.

Jetzt meldete sich die Stimme wieder.

„Siehst du, geht doch!", sagte der Unbekannte.

Silvia setzte sich wieder auf den Stuhl und wartete.

Nichts geschah.

Dann fragte sie:

„Bist du ein Mensch oder eine Maschine?"

Es dauerte etwas, dann kam die Antwort.

„Du hast 'Geist' vergessen", sagte die Stimme.

„O.K.", sagte Silvia. Dann fragte sie:

„Bist du ein Mensch, eine Maschine oder ein Geist?"

Die Stimme lachte.

„Was nun?", fragte Silvia. „Wenn du eine Maschine wärst, könntest du sicher nicht über mich lachen. Also bist du entweder ein normaler Mensch wie ich, oder du bist der 'Geist von Danielo', von dem alle immer wieder reden."

Es dauerte ein wenig, dann hörte sie die Stimme wieder.

„Also gut! Wenn du keine Angst vor Geistern oder dir fremden Männern hast, dann komme ich jetzt zu dir hoch. Aber versprich mir, dass du dich nicht zu Tode erschreckst, wenn ich dir gegenüberstehe!"

Silvia hatte zwar keine Angst, aber sie spürte ein leichtes Kribbeln im Körper, während sie gespannt auf das wartete, was jetzt kommen würde.

Sie hörte Schritte auf der Treppe, dann öffnete jemand die Tür und...

Danielo kam herein.

„So sehen also Männer aus, die bei lebendigem Leib verbrannt sind", sagte sie. „Dafür siehst du aber ziemlich lebendig aus!"

„Du scheinst gar nicht geschockt zu sein!", sagte Danielo.

„Warum auch!", sagte Silvia. „Als der Carabiniere Alfredo und mich damals noch einmal gefragt hat, ob wir sicher sind, dass zum Zeitpunkt des Unglücks alle Mitarbeiter im Bunker waren, war ich schon leicht verunsichert. Als ich dann die Geschichte mit dem Geist hörte, habe ich mir schon gedacht, dass er mit seiner Vermutung richtig lag. Aber erzähl' mir etwas über dich!"

„Gerne", sagte Danielo, „aber nicht hier. Lass uns runter gehen. Wenn ich dir meine ganze Geschichte erzähle, dann dauert das länger."

Silvia zögerte nicht.
Auf dem Weg nach unten sagte Danielo:
„Alfredo hat sein Smartphone übrigens unten in der Garage liegen lassen. Wenn die Türen alle zu sind, hörst du es oben nicht mehr. Ich habe es dir mitgebracht."

Danielo hatte eine gute Flasche Wein aus dem Keller geholt, und es wurde spät.

30

Das Landgut lag etwa vierhundert Meter südlich der Hauptstraße und war nur über die Zufahrt aus Richtung Osten zu erreichen.

Die Wachmänner Badaro und Buttafuori standen an der Zufahrt und beobachteten das Terrain.

Plötzlich hörten sie ein Brummen und sahen, dass über dem Feld südlich des Landguts eine Drohne geflogen kam.

Sie näherte sich auf etwa einhundert Meter und schwebte dann auf der Stelle.

Badaro sah seinen Kollegen an: „Was machen wir jetzt? Sollen wir das Ding vom Himmel holen?"

„Lieber nicht; wenn du hier rumballerst, bekommt das sicher einer in der Umgebung mit, und dann stehen gleich die Cops hier!"

Währenddessen kam von der Via Massa eine junge Frau mit einem großen Rucksack auf dem Rücken auf sie zu, und auf dem Feldweg im Westen kam ein Motorroller langsam auf sie zu gefahren.

Nun bog auch noch ein Lieferwagen von der Via Lorello in die Zufahrt ab.

Badaro und Buttafuori wussten nicht, um wen sie sich zuerst kümmern sollten.

Der Lieferwagen fuhr langsam auf sie zu und blieb ein paar Meter vor ihnen stehen.

Badaro signalisierte seinem Kollegen, dass er die anderen im Auge behalten solle, während er sich um den Lieferwagen kümmerte.

Der Kraftfahrer hatte die Seitenscheibe herunterlassen und schaute ihn freundlich an.

„Ich habe ein paar kulinarische Köstlichkeiten für den Boss dabei. Ein Freund aus Senigallia hat sie bestellt. Er ist mit seinem Wagen unterwegs; ich denke, dass er auch bald hier ist."

„Entschuldigung", rief die junge Frau mit dem Rucksack dazwischen, „kann ich hier vorbei gehen in Richtung der Via Loretello?"
Unterdessen war der Motorroller angekommen und der Fahrer rief: „Hi, ich mache Geocaching und suche hier einen Cache; »Boss« heißt der, was auch immer das bedeuten soll!"
Es ging alles viel zu schnell.
Während Badaro und Buttafuori noch nicht wussten, wie sie reagieren sollten, hatten der Kraftfahrer und der Mann auf dem Motorroller Laserpistolen gezogen und die Wachmänner ins Jenseits geschickt.
Der Mann vom Motorroller und der Kraftfahrer nahmen die beiden, legten sie neben dem Eingang ab und stellten den Motorroller daneben. Der Rollerfahrer war inzwischen hinten in den Wagen gegangen. Dann fuhren sie weiter an das Haus heran.
Die junge Frau blieb am Eingangstor stehen und hielt Wache.
Als die Männer vor dem Haus angekommen waren, kam der Rollerfahrer wieder heraus, allerdings jetzt in Kampfmontur.

Inzwischen hatte der Boss das Familientreffen eröffnet. Er blickte ernst in die Runde.
„Unsere Familie hat große Verluste zu beklagen."
Es herrschte betroffenes Schweigen.
Dann sprach der Boss weiter:
„Wir sind im Krieg! Ich weiß zwar noch nicht gegen wen, aber das müssen wir schnellstens herausbekommen!"
Kaum hatte er das gesagt, öffnete sich die Tür und Darth Vader kam herein.
„Was soll das?", rief der Boss erstaunt und erstarrte vor Schreck.
Darth Vader hatte mit den Waffen, die er rechts und links hielt, innerhalb einer Sekunde die ersten Männer auf beiden Seiten des Tisches niedergestreckt.
Der Boss zog schnell eine Pistole aus der Tasche und schoss auf den Angreifer. Aber die Kugel prallte von seinem Kampfanzug ab.

„Lass das lieber, sonst bist du der nächste!“
Dem Boss verschlug es die Sprache.
„Was soll das?“, fragte er dann wieder.
„Säuberungsaktion nennt man das“, sagte Darth Vader.
„Was willst du von uns?“, fragte der Boss.
„Ich sagte doch schon, Säuberungsaktion. Dass eure Leute nach und nach verschwunden sind, habt ihr sicher mitbekommen. Ihr habt aber doch nicht im Ernst geglaubt, dass es dabei bleibt?“
Der Boss blickte versteinert. Dann fragte er:
„Was ist mit meinen Wächtern passiert? Die haben dich doch nicht freiwillig passieren lassen!“
„Die beiden liegen am Tor und ruhen sich aus“, sagte Darth Vader.
„Warum hast du uns nicht alle gleich umgebracht?“, fragte der Boss.
„Ich will noch etwas von dir wissen! Nur eine Klarstellung.“
Er wartete einen Moment auf die Reaktion des Bosses.
„Es gab doch vor fast zwei Jahren die Katastrophe in dem Forschungslabor in Senigallia. Die Staatspolizei glaubt, dass einer der Mitarbeiter aus dem Labor dafür verantwortlich war. Ich kann das nicht ganz glauben. Da hattet ihr doch sicher die Finger im Spiel!“
Der Boss sah seine Leute an, dann antwortete er:
„Keine Aussage!“
„Dann ist es deine Schuld“, sagte Darth Vader und auf der rechten Seite fiel wieder einer der Männer den Laserpistolen zum Opfer.
„Nun, raus damit, wie war das?“
Der Boss schwieg weiter.
„Okay“, sagte Darth Vader, „jetzt seid ihr noch zu dritt. Also kannst du dir ausrechnen, wie oft ich noch fragen werde!“
„Ich packe aus!“, rief der letzte Mann auf der rechten Seite hastig.
Kaum hatte er das gesagt, hatte der Boss ihn erschossen.
„Hier redet keiner“, sagte er noch, dann lief ihm das Blut aus der Stirn und er fiel von seinem Stuhl.

„Dich kenne ich, glaube ich!", sagte Darth Vader und schaute den letzten Mann auf der linken Seite an.

Rialzato lief der Schweiß von der Stirn.

„Woher kennst du mich?", fragte er.

„Du warst doch mit diesem Makler zusammen an der Penelope. Ist nicht so gelaufen, wie du dir das gedacht hast, oder?", sagte Darth Vader spöttisch.

„Da habe ich dich noch verschont. Aber jetzt bist du dran! Oder willst du mir doch noch sagen, was passiert ist?"

Rialzato zitterte am ganzen Körper, sagte aber noch nichts.

„O.K., ich gebe dir noch ein wenig Bedenkzeit", sagte Darth Vader.

Fünf Minuten später war es so weit.

„Nun, hast du es dir überlegt?"

Rialzato hatte sich entschlossen zu reden.

„Einer der Männer in dem Labor hat heimlich geraucht, Ware von uns. Als er auf einmal nichts mehr kaufen wollte, wurden wir aufmerksam. Wir haben vermutet, dass er seinen Stoff woanders her bekam, aber es gab außer uns in der Region keinen anderen Anbieter."

„Das glaube ich dir", sagte Darth Vader. „Konkurrenz macht ihr doch immer direkt platt, oder?"

Rialzato nickte.

„Wir haben dann herausbekommen, dass er eine Maschine aus dem Labor einigermaßen gut nachgebaut hatte, und sich seinen Stoff selber machte."

„Interessant. Wer war das?"

Rialzato zuckte mit den Schultern.

„Ich habe ihm klargemacht, dass er entweder für uns arbeitet, im Knast landet oder auf dem Friedhof. Er hat sich für die Zusammenarbeit entschieden. Unser Plan war, dass er dafür sorgt, dass das Labor zerstört wird, und uns dann regelmäßig beliefert."

Es dauerte eine Minute, bis Darth Vader die nächste Frage stellte.

„Aber der Plan ist nicht so umgesetzt worden. Wie kam es dazu?"

„Wir hatten dem Chinesen die Info zukommen lassen, an was in dem Labor wirklich gearbeitet wurde, und ihm klargemacht, dass das für ihn und sein Land ein Problem werden würde. Deshalb hat er einen Mann engagiert, der für ein Unglück im Labor sorgen sollte. Er wollte aber nicht, dass das ganze Labor mit allen Leuten draufgeht, sondern nur die Maschine zerstören, um nachher selber von den Forschungsergebnissen zu profitieren. Als wir das mitbekommen haben, mussten wir eingreifen."

„Das heißt, der Mann, der letztendlich in den Bunker gefahren ist, war einer von euch!"

„Genau. Ähnliche Größe, passende Klamotten und eine Stunde Schminken haben gereicht, dass er für diesen Danielo gehalten werden konnte."

„Wie ist er denn wieder herausgekommen?"

Rialzato wirkte etwas traurig.

„Gar nicht", sagte er. „Ich habe ihn nie wieder gesehen. War aber ein richtig guter Mann!"

„Und diesen Danielo oder den Mann, den der Chinese hinge-schickt hat, wolltet ihr einfach beseitigen. Auch nicht nett von euch!"

Rialzato zuckte wieder mit den Schultern.

„Dieser Typ aus dem Labor hat uns aber reingelegt! Er hat die Maschine so programmiert, dass das ganze Labor in Schutt und Asche verwandelt wurde. Er selbst hat sich dabei rechtzeitig aus dem Staub gemacht, aber wohl verhindert, dass unser Mann mit ihm zusammen da raus gekommen ist."

„Oder sind sie vielleicht beide draufgegangen?", fragte Darth Vader.

„Von wegen!", sagte Rialzato. „Wir haben das Versteck ausfin-dig gemacht, wo er sein Labor hatte, aber das war komplett geräumt, und seine Wohnung war auch leer. Wenn er im Labor umgekommen wäre, dann hätten wir noch etwas finden müssen!"

„Das heißt im Klartext, dass jetzt der Mitarbeiter aus dem Labor mit dem ganzen Wissen und seiner Maschine irgendwo eine neue Bleibe hat und sich seinen Stoff macht."

„Möglich. Aber wenn er etwas davon verkauft, dann müssten wir das mitbekommen haben", sagte Rialzato. „Haben wir aber nicht! Und wir haben auch keine Ahnung, wo er jetzt ist!"

„Es könnte aber auch sein, dass beide zusammen abgehauen sind, oder?"

„Möglich", sagte der Rialzato, „aber eher unwahrscheinlich. Meine Leute sind absolut zuverlässig! Reicht das dir jetzt an Infos, oder willst du noch mehr wissen?"

Darth Vader wollte noch mehr wissen.

„Was war mit Professor Spettro? Da hattet ihr doch sicher auch eure Hände im Spiel!"

„Professor Spettro?", fragte Rialzaro verwundert. „Der Name sagt mir gar nichts!"

„LKW, Gegenspur, PKW platt, Fahrer geflüchtet, LKW geklaut."

„Davon habe ich nie gehört! Das muss eine andere Familie gewesen sein!"

Darth Vader war zufrieden.

„Ist in Ordnung. Ich werde dich zum Dank jetzt nicht lasern."

Er zog eine Sprühdose aus der Tasche und sprühte Rialzato eine Flüssigkeit ins Gesicht; Rialzato wurde bewusstlos und fiel mit dem Oberkörper auf den Tisch.

Darth Vader ging zurück zum Wagen und zog sich um. Am Eingangstor stieg die junge Frau zu. Sie holten noch die Drohne und luden sie in den Wagen.

„Und, hat uns jemand gesehen?", fragte der Kraftfahrer.

„Ich glaube nicht, jedenfalls habe ich niemanden in der Nähe gesehen."

„Perfekt!"

„Was passiert mit dem Roller?", fragte die junge Frau.

„Er kann hier bleiben. Gehört eh' nicht mir", sagte der Rollerfahrer und fragte den Kraftfahrer: „Sollen wir die Videoaufzeichnung an die Stato geben? Die werden doch sicher erstaunt sein, wenn sie hören, was ihr Kollege so alles nebenbei macht!"

Die junge Frau wollte noch etwas anderes wissen.

„Was habt ihr mit den Leuten da drinnen gemacht?", fragte sie.

„'Leute' ist gut", sagte der Rollerfahrer. „Es ist nur noch einer übrig geblieben."

Er überlegte noch einmal kurz.

„Ich habe eine Idee!", sagte er.

Die beiden Männer gingen noch einmal zurück ins Haus.

Als sie wiederkamen fragte die junge Frau: „Was habt ihr gemacht?"

„Fixieren nennt man das bei den Bullen", sagte der Fahrer.

„Wenn wir sie bald informieren, und die Jungs fit sind, könnten sie es schaffen, hier zu sein, bevor er das Zeitliche segnet!"

„Meint ihr, dass er vor Gericht landet?", fragte die junge Frau.

„Möglich", sagte der Kraftfahrer und fuhr los.

31

Am Montagabend hatten sich Michael und Torben wieder mit Lucca Caporione getroffen und saßen wie immer in den letzten Tagen in einer ruhigen Ecke auf der Terrasse. Der Kellner hatte ihnen eine neue Flasche ihres Lieblingsrotweins gebracht, und sie hatten angestoßen.

Michael hatte als erstes eine Frage an Lucca.

„Konntest du herausfinden, wem Danielos Villa jetzt gehört?"

Lucca schüttelte den Kopf.

„Ich habe den Kollegen gefragt. Er sagte, dass er sich heute über Tag die 'Akte Spettro' ansehen will. Er wollte mich nach Feierabend anrufen und mir Bescheid geben. Er muss ja aufpassen, dass es keiner in der Firma mitbekommt!"

Luccas Handy brummte.

„Vielleicht ist er das ja", sagte er.

„Eine SMS", sagte er. Er schaute nach, stutzte und sagte:

„Eine SMS von Alfredo!"

„Was schreibt er denn?", fragte Michael.

„Er hat zwei Zahlenreihen geschrieben und das Wort »gerächt« dazwischen; »gerächt« hat er auf Deutsch geschrieben und mit »æ« statt »ä«".

„Zeig mal", sagte Michael. Er schüttelte den Kopf.

„Fängt Alfredo jetzt noch mit Wortspielen an?"

„Wie meinst du das?", fragte Lucca.

Michael erklärte es ihm:

„Das Wort 'gerächt' mit 'ä' also 'ae' kommt vom Wortstamm 'Rache', mit 'e' kommt es von Recht, wie Recht und Ordnung."

„Aber ich glaube nicht, dass Alfredo so gut Deutsch kann, dass er so ein Wortspiel hinbekommt", meinte Lucca.

„Rätselhaft!", sagte Michael.

„Kann ich die Zahlenreihe mal sehen?", fragte Torben.

„Hier", sagte Lucca und reichte ihm das Smartphone.

Torben sah sich die Zahlen an und sagte:

„43.7002, 13.2053. Solche Zahlen siehst du bei Google Maps, wenn du eine Stelle anklickst. Das sind Koordinaten!"

„Moment", sagte Michael, schaltete sein Handy ein und rief Maps auf.

„Hier, wo wir sind, habe ich 43.7001, 13.2054. Also muss das ein Ort ganz in der Nähe sein!"

„Das muss etwas weiter östlich und ein wenig südlich von hier sein", sagte Lucca. „Ich habe einen Verdacht. Kannst du mal dahin scrollen, wo der Bunker oder seine Ruine steht?"

Michael wischte ein paar Mal über den Bildschirm, dann hatte er die gewünschte Stelle gefunden.

„Es sind tatsächlich die Koordinaten vom Bunker!", sagte er.

„Und die zweite Zahlgruppe?"

„43.7179, 13.1767", sagte Torben.

„Da sind wir noch näher dran! Moment", sagte Michael, dann hatte er auch diesen Ort ausfindig gemacht.

„Das ist an der Stada di Scalzadonne. Direkt rechts unterhalb von uns!"

Lucca schaute auf die Karte.

„Kannst du mal auf Earth umschalten, damit ich ein Bild von dem Gebäude sehe?", fragte er.

Michael schaltete die Anzeige um und zeigte Lucca das Bild.

„Wie ich mir dachte", sagte Lucca.

„Das ist die Villa von Ho, dem Chinesen. Oder, das war die Villa von Ho, dem Chinesen!"

„Also geht Alfredo davon aus, dass das Unglück doch ein Sabotageakt war und der Chinese der Drahtzieher!", sagte Lucca.

„Ich habe den Verdacht schon gehabt, aber bevor wir wussten, dass jemand den Bunker auf die Schnelle hätte verlassen können, hielt ich das für unwahrscheinlich. Wer opfert sich schon freiwillig für eine solche Sache!"

„Wer weiß! Wenn dir 11 Jungfrauen versprochen werden …"

Torben hatte Lucca das Smartphone gerade wieder zurückgereicht, als es erneut brummte. Lucca schaute nach.

„Wieder eine SMS von Alfredo", sagte er.

„Und wieder eine Zahlenreihe mit dem 'geræcht' dazwischen!"

Diesmal gab Lucca die Zahlen selber an Michael:

„43.6764, 13.2164", sagte er.

„Das muss auch in der Nähe sein", sagte Torben, „aber ein bisschen weiter weg."

Kurz darauf zeigte ihnen Michael den Ort.

„Sant'Angelo", sagte Lucca.

Michael vergrößerte das Bild, bis er die genaue Stelle zeigen konnte.

„Das ist neben Danielos Villa", sagte Lucca. „Die Stelle, wo die Alte gestorben ist, die von den Geistern erzählt hat."

Michael unterbrach die beiden, denn er hatte die Stelle gefunden, die die zweite Koordinatengruppe markierte.

„Schaut mal hier", sagte er, „eine Stelle am Hafen!"

„Lass mal sehen!", sagte Lucca. Er schien nicht sehr überrascht.

„Das ist am Hafen, da, wo die Penelopebüste steht."

„Davon habe ich im Reiseführer gelesen", sagte Michael. „Ich war aber noch nicht da!"

„Lohnt sich aber", sagte Lucca. „Eine schöne Darstellung, auch wenn der Körper nur bis zum Bauch dargestellt ist. Und man hat von da aus eine tolle Aussicht über Senigallia und die Anhöhe."

Michael konnte sich denken, was dort passiert war.

„Das ist doch da, wo der Makler ermordet wurde", sagte er.

„Sagtest du nicht eben, dass man von dort aus über Senigallia bis auf die Anhöhe sehen kann?", fragte Torben.

„Das ist so!"

„Auch bis Sant'Angelo?"

„Das weiß ich nicht, es sind schließlich etwa fünf Kilometer bis dahin."

„Warst du da oben schon einmal?"

„Ja, und ich meine mich zu erinnern, dass man auch von Sant'Angelo bis zum Hafen sehen kann."

Caporione hatte verstanden, auf was Torben hinaus wollte.

„Rialzato war in der unmittelbaren Nähe zum Tatort, aber er konnte weit und breit keinen Täter ausfindig machen! Und Rialzato war es mit Sicherheit nicht."

„Wieso bist du dir da so sicher?", fragte Michael.

„Nun", sagte Lucca, „unter Freunden tut man das nicht!"

„Wie meinst du das?", fragte Michael erstaunt.

„Ich glaube, dass die beiden geschäftlich miteinander zu tun hatten", sagte Lucca. „Aber beweisen kann ich das nicht!"
Torben griff das Thema wieder auf.
„Die Villa in Sant'Angelo hatte Danielo doch verkauft, bevor er sich aus dem Staub gemacht hat. Es würde mich nicht wundern, wenn sie jetzt Alfredo gehört!"
„Schade, dass sich der Kollege von der DIA noch nicht gemeldet hat", sagte Lucca.

Inzwischen war die Sonne ganz hinter den Bergen verschwunden, und die Terrasse lag im Schatten. Aber es war jetzt eher angenehm, nicht mehr so warm wie am Tag.
Erneut brummte Luccas Handy.
„Wieder Alfredo! Und wieder eine Zahlenreihe mit dem 'geræcht' dazwischen! Die Koordinaten sind diesmal 43.6213, 13.5271 und 45.4780, 9.1240."
„Das ist aber jetzt viel weiter weg", sagte Michael. Er musste ein ganzes Stück nach Süden scrollen.
„Die erste Stelle liegt an den Klippen von Ancona!", sagte er.
Lucca wusste schnell, was gemeint war.
„Dort hat sich eine junge Frau in den Tod gestürzt. Wenn ich euch sage, dass ihr Mann im Bunker gearbeitet hat,…"
„Aber warum hat sie sich umgebracht?", fragte Torben.
„Kleine Kinder, Haus auf Pump gekauft; hört sich bis dahin ganz normal an. Aber der Hammer ist, dass die Versicherung sich geweigert hat, die Lebensversicherung auszuzahlen."
„Wieso das denn?", fragte Torben.
„Sie hat sich darauf berufen, dass Mord als Todesursache eine Zahlung nicht möglich macht. Ratet mal, wer der Versicherung bescheinigt hat, dass es Mord war!"
„Ich würde auf Rialzato tippen", sagte Michael. „Du sagtest doch, dass er die Untersuchungen geleitet hat."
„Genau", sagte Lucca. „Ich kann mir auch denken, was die zweiten Koordinaten sind."
Torben war schon fündig geworden.
„Das San Siro in Mailand", sagte er erstaunt.

„Interessant!", sagte Lucca. „Dann stimmt das ja doch, was mir Onesto gesagt hat!"

„Onesto?", fragte Michael.

„Das ist ein Kollege von der Stato", sagte Lucca. „Mit ihm war ich auf der Schule. Und er hat mir vor ein paar Wochen gesteckt, dass im San Siro bei einem Fußballspiel ein hochrangiger Manager von einer Versicherungsgesellschaft ermordet worden ist. Offiziell hatte er eine Gehirnblutung, aber Onesto hat mir gesagt, dass er eine kleine Wunde in der Stirn hatte."

„Kommt mir bekannt vor", sagte Michael.

„Man hat den Fall aber in der Öffentlichkeit nicht als Mord dargestellt, weil keine unnütze Angst vor Terroranschlägen geschürt werden sollte", sagte Lucca.

Michael schaute Torben fragend an, und als der ihm Zustimmung signalisierte, sprach er Lucca an.

„Ich glaube zu wissen, welche Waffe benutzt wurde, und wer hinter diesen Morden steckt. Du sagtest doch schon, dass du nicht glaubst, dass Alfredo uns die SMS geschickt hat. Da liegst du wohl völlig richtig."

„Wer war es deiner Meinung nach?", fragte Lucca.

„Danielo", sagte Michael. „Pass auf, ich zeig dir was."

Er blätterte die Verzeichnisse auf seinem Handy durch, dann zeigte er Lucca zuerst die Entwurfszeichnung, die Benno und er in Danielos Haus gefunden hatten, und dann die Liste mit den Zahlen.

„Ich hatte gehofft, dass wir uns vertun, aber es sieht so aus, als hätte Danielo wirklich Laserwaffen gebaut."

„Die er aber anscheinend nur im Sinn der Gerechtigkeit einsetzt. Zumindest Gerechtigkeit aus seiner Sicht!", sage Lucca.

Sein Handy brummte wieder.

„Wieder eine SMS von Alfredo", sagte er erstaunt. „Ich dachte, wir sind mit den ungeklärten Fällen jetzt durch!"

Neugierig schauten sie auf die Nachricht.

„Diesmal steht hier etwas anderes", sagte Lucca.

„43.5981, 13.1629 – beeilt euch, vielleicht lebt er noch."

„Das klingt akut“, sagte Lucca, „nach einem Fall, der noch im Gang ist!“

„Oder nach einer Falle“, sagte Michael.

„Ich schau erst mal nach, wo das ist“, sagte Torben.

Kurz darauf hatte er die Stelle ausgemacht.

„Das ist bei Ostra“, sagte er, „etwa 15 Kilometer von hier.“

„Und jetzt?“, fragte Michael.

„Ich werde gleich hinfahren“, sagte Lucca.

„Und ich werde meine Kollegen informieren und sie bitten, mich zu unterstützen.“

„Nur deine Kollegen von den Carabinieri, oder auch die Jungs von der Stato?“, fragte Michael.

Lucca antwortete nicht direkt, denn er war schon dabei, auf der Wache anzurufen. Er sprach mit einem Kollegen, aber auf Italienisch.

Dann sagte er den deutschen Kollegen, was er gemacht hatte.

„Ich hatte Scarno an der Strippe. Er will Onesto sofort anrufen und bitten, auch dorthin zu kommen.“

„Und wir?“, fragte Michael an Torben gewandt. „Was machen wir?“

Lucca merkte, dass die beiden mitfahren wollten.

„Wir machen das schon. Ich will euch nicht verbieten, noch einen kleinen Abendausflug zu machen. Aber seid bitte vorsichtig. Wenn ich mich nicht sehr täusche, dann geht es nicht um kleine Fischchen wie Piranhas, sondern um richtig dicke Fische, um große Haie!“

32

Caporione und Onesto waren fast zeitgleich am Ziel angekommen.

Sie fuhren die Zufahrt bis zum Eingangstor und parkten die Wagen am Rand.

„Siehst du das da?", fragte Onesto.

„Die beiden sehen nicht gerade quicklebendig aus", antwortete Caporione.

„Meinst du, wir können einfach reingehen, oder ist das zu gefährlich?", fragte Onesto.

„Mein Informant hat geschrieben, wir sollen uns beeilen und »vielleicht lebt er noch«. Das hört sich nicht nach Gefahr an. Aber wir sollten trotzdem vorsichtig agieren. Könnte ja auch eine Falle sein!"

Onesto nahm seine Pistole in die Hand und die beiden gingen langsam auf das Haus zu. Nichts bewegte sich.

Die Haupteingangstür stand auf, und man konnte den Hausflur dahinter gut einsehen. Am Ende war eine große, schwere Tür zu sehen, sonst nichts.

Sie gingen nach vorne bis an die Tür. Onesto versuchte, die Tür zu öffnen, aber sie war verschlossen. Er klopfte an und rief:
„Polizei! Ist da jemand?"

Caporione meinte zu hören, dass jemand einen Stuhl über den Boden schiebt, dann ein Kratzen.

Kurz darauf hörten sie einen Schuss. Dann war es totenstill.

Onesto klopfte noch einmal heftig an die Tür und rief wieder:
„Polizei!"

Nichts geschah.

Die beiden schauten sich an, gingen einen Schritt zurück und rammten dann mit den Schultern die Tür. Das Schloss gab nach und die Tür schwang auf.

Es war ziemlich dunkel.

Als sich ihre Augen daran gewöhnt hatten, sahen sie, dass ihnen keine Gefahr drohte.

Ein Mann lag mit dem Oberkörper auf dem Tisch und hielt eine Pistole in der Hand. Neben seinem Kopf breitete sich eine Blutlache aus.

Caporione hatte indes einen Lichtschalter gefunden und das Licht eingeschaltet.

Am Kopfende saß ein älterer Mann; sie sahen direkt, dass er ein Loch in der Stirn hatte. Auch die anderen Männer hatten Löcher in der Stirn, nur bei einem sahen sie, dass ihn eine Kugel in die Schläfe getroffen hatte.

„Wer immer hier war, er hat ganze Arbeit geleistet", sagte Onesto.

Sie hörten ein Auto kommen, und kurz darauf sahen sie, dass Michael und Torben auf das Haus zugingen.

„Das sind Kollegen aus Deutschland", sagte Caporione sofort. „Vor denen brauchst du keine Angst zu haben."

„Dann rufe ich am besten gleich mal die Spurensicherung an", sagte Onesto.

Währenddessen hatte er sich den Mann, neben dem die Pistole lag, genauer angesehen.

„Rialzato!", sagte er. „Er hat es wohl vorgezogen, nicht festgenommen zu werden."

Caporione meinte: „Deswegen hat unser Informant wohl geschrieben, wir sollen uns beeilen."

Onesto war neugierig geworden.

„Informant? Um welche Sache geht es denn?"

„Um mehrere! Die Jungs hier", sagte Caporione und machte eine ausschweifende Armbewegung, „das war wohl alles eine Familie. Eine von unseren Feinden. Und bei denen hat jemand mal richtig aufgeräumt!"

Während sie auf die Spurensicherung warteten, erzählte Caporione seinem Kollegen von der Stato, was er und die deutschen Kollegen schon herausgefunden hatten.

„O.K.", sagte Onesto. „Wir werden uns erstmal um die Spurensicherung kümmern, auch wenn ich davon wenig Neues erwarte. Was macht ihr?"

Caporione wollte gerade antworten, als sein Handy klingelte.

„Wieder eine SMS von Alfredo", sagte er erstaunt. „Diesmal sind es nur Koordinaten!"

Er zeigte sie den Kollegen.

„Das ist doch wieder an Danielos Villa in Sant'Angelo", sagte Torben.

„Wir fahren nach Sant'Angelo", sagten Michael und Caporione fast zeitgleich.

„Ist in Ordnung", sagte Onesto. „Aber passt auf. Wer immer das hier angerichtet hat - er macht Nägel mit Köpfen! Wenn wir hier fertig sind, komme ich nach!"

Auf dem Weg nach Sant'Angelo sagte Michael:

„Ich kann mir kaum vorstellen, dass das alles allein Danielos Werk ist. Er muss mindestens einen Komplizen gehabt haben und auch jemanden, der ihm die ganzen Informationen über die Leute von der Gomorrha besorgt hat."

„Klar", sagte Lucca. „Nachdem Ricardo und Elena das Weite gesucht haben, dürfte auch klar sein, wer die Komplizen waren. Ich halte es für möglich, dass Ricardo aktiv an den Taten beteiligt war, oder sogar die ausführende Person war, und Elena ihm assistiert hat. Bei Danielo kann ich mir eher vorstellen, dass er der Kopf der Gruppe ist, der 'Strippenzieher im Hintergrund' sozusagen, der sich selber die Finger nicht schmutzig macht. Er ist sicherlich ein genialer Wissenschaftler und Erfinder, aber ich glaube nicht, dass er selber eine Waffe in die Hand genommen und jemand erschossen oder anders umgebracht hat."

„Das denke ich auch", sagte Michael. „Aber ich glaube nicht, dass einer von den Dreien in der Lage ist, alle möglichen Computer zu hacken, um an die nötigen Daten zu kommen. Das hat sicher ein anderer gemacht."

„Ich bin mir ziemlich sicher zu wissen, dass Alfredo dieser Informant ist. Mir ist aufgefallen, dass er ziemlich genau über die ganze Sache Bescheid weiß, obwohl er unsere Gespräche mit Sicherheit nicht live verfolgt hat. Er hat sie insofern nicht 'live' verfolgt, dass er nicht mit uns am Tisch gesessen hat. Aber ich glaube, dass er die technischen Möglichkeiten hat, sozusagen 'remote' dabei gewesen zu sein!"

„Wie meinst du das?", fragte Torben.

„Ich habe mein Smartphone von den Kollegen checken lassen und sie haben festgestellt, dass sich jemand mehrfach Zugang verschafft hat. Und Alfredo hat uns erzählt, dass man sich unbemerkt in diesen Geräten einloggen kann und dann sowohl die Kameras, als auch das Mikrofon nutzen kann."

„Aber das sollen nur die Spitzenleute unter den Spionen schaffen!", sagte Michael.

„Oder Spezialisten einer Firma, die die Sicherheitssoftware für Computer und Smartphones entwickelt."

Michael dämmerte es: „Alfredo!"

„Genau", sagte Lucca. „Jetzt überleg' mal: Es gibt einen Mann, der Geld drucken kann, so viel er will, der eigentlich schon lange tot ist, und jetzt an einem uns unbekannten Ort lebt. Dieser Mann kommt zu einem Programmierer und macht ihm ein unmoralisches Angebot. Ich glaube, wenn das Angebot stimmt, dann macht der Programmierer das!"

„Wäre absolut verständlich!", sagte Michael.

Und wieder brummte Luccas Handy.

„Der Kollege von der DIA", sagte er. „Endlich!"

Er hörte gespannt zu, was der Kollege ihm zu sagen hatte.

Lucca schlug sich mit der Hand auf die Stirn.

„Was ist los?", fragte Michael.

„Der Kollege hat mir gerade gesagt, dass Danielos Villa seit ein paar Tagen Alfredo gehört!"

Kleine Verschnaufpause.

„Aber nicht er hat sie gekauft! Der Käufer war ein Ricardo Ladro. Er hat bar bezahlt. Aber der Hammer kommt jetzt: Als neuen Eigentümer hat er nicht sich, sondern Alfredo Arrivato eintragen lassen. Die Unterlagen hat er letzte Woche abgeholt."

„Und dann wahrscheinlich Alfredo als Naturallohn für seine Mitarbeit überlassen!", sagte Michael.

„Jetzt bin ich mal gespannt, was uns in Sant'Angelo erwartet!"

33

Sie parkten den Wagen auf der großen Einfahrt und gingen zum Haus.

Lucca klingelte, aber wie erwartet machte niemand auf. Er hatte schnell gesehen, dass neben der Klingel ein Kasten mit einem Zahlenschloss war, mit dem man im Notfall die Tür öffnen konnte.

Er tippte einen Code ein und die Tür öffnete sich.

„Wie hast du das gemacht?", fragte Torben erstaunt.

„Das ist relativ einfach", sagte Lucca. „Normalerweise gibt man einen vierstelligen Code ein, aber die Hersteller dieser Systeme haben zusätzlich einen etwas längeren Code eingebaut, den nur wir bei der Polizei kennen. Der ist bei all diesen Systemen gleich."

Zuerst sahen sie sich die obere Etage an, in der auch noch die riesige Rennbahn in dem großen Raum stand.

„Sind wir im Dienst oder können wir eine Runde fahren?", fragte Torben grinsend.

„Später vielleicht", sagte Lucca, „wer weiß, wie lange wir uns hier noch aufhalten."

Dann gingen sie in das Wohnzimmer.

„Ein Zebra!", sagte Michael verblüfft, als er das große Plüschtier sah.

„Danielo hatte fast alles im Zebralook, sagte mir Alfredo. Das war ein Spleen von ihm", erklärte Lucca.

Dann gingen sie in den Keller in Richtung der Garage.

„Hier hatte Danielo damals einen Lieferwagen und zwei Motorräder stehen. Ich glaube, es könnte interessant sein, sich den Lieferwagen mal genauer anzusehen", sagte Lucca. „Möglicherweise ist er bei den Aktionen gegen die Gomorrha genutzt worden."

Als sie kurz darauf in der Garage waren, stellten sie fest, dass der Lieferwagen nicht mehr da war.

Sie schauten sich um, konnten aber nichts finden, was ihnen bei ihren Ermittlungen geholfen hätte.

„Wartet mal kurz hier", sagte Torben, „ich muss mal kurz etwas nachsehen", und ging die Treppe hinauf.

„Was hat er vor?", fragte Lucca.

„Vielleicht ist er gerade wieder dabei, einen geheimen Ausgang zu suchen!", sagte Michael. „Darin ist er Spezialist. Das hast du doch am Bunker gesehen!"

Lucca schaute sich noch einmal nach allen Richtungen um, dann ging er in Richtung der Regale mit dem Kleiderspind.

„Ich glaube, ich weiß, was er macht", sagte er. „Der Raum hier scheint mir kleiner zu sein als die Räume darüber. Vielleicht gibt es hier noch zusätzliche Räume!"

Michael war überrascht.

„So ein Raumgefühl hätte ich auch gerne", sagte er. „Aber du hast Recht! Entweder der Keller ist kleiner als die anderen Etagen, oder es gibt hier hinter der Wand noch einen weiteren Raum!"

Er schob die Motorradkleidung zur Seite. Eine Tür kam zum Vorschein. Michael drückte mit der Hand dagegen und die Tür öffnete sich.

Vorsichtig gingen sie in den Raum.

Bis auf einen alten Schreibtisch in einer Ecke war er leer.

Lucca begutachtete die Wände.

„Hier waren mit Sicherheit einige elektronische Geräte", sagte er. „Schau her, wie viele Kabel aus der Wand schauen. Das sieht fast aus, wie wenn man einen Kommandoraum auf einem U-Boot leer geräumt hat!"

„Ob Ricardo hier gesessen und alle möglichen Geräte im Haus ferngesteuert hat, damit die Besucher im Haus den Eindruck hatten, dass es hier spukt?"

„Möglich. Zutrauen würde ich es ihm!", sagte Lucca. „Obwohl ich das eher Danielo zutrauen würde. Der war doch so ein Technik-Freak!"

Plötzlich gab Lucca ihm ein Zeichen, still zu sein.

„Hörst du etwas?", flüsterte er.

„Schritte", flüsterte Michael zurück.

Hinter der linken Seitenwand waren Schritte zu hören, dann hörte man, dass eine Tür geöffnet wurde.

Lucca griff in seine Jackentasche und nahm seine Dienstwaffe in die Hand. Er hielt einen Finger vor den Mund, ging langsam, fast lautlos auf die Wand zu und legte ein Ohr an die Wand. Mit Gesten zeigte er an, dass er etwas hörte.

Dann hörten sie jemand rufen:

„Lasst die Waffen stecken und macht keinen Unsinn!"

„Das ist Torbens Stimme", flüsterte Michael Lucca zu.

Ein Klopfen an der Wand war zu hören.

„Keinen Unsinn machen!", rief die Stimme wieder. „Ich mache jetzt die Wand auf!"

Lucca machte einen halben Schritt zur Seite, hielt die Waffe aber immer noch in der Hand.

„Torben?", rief er.

„Ja, ich bin's!", kam die Antwort.

Dann schwenkte ein Stück der Wand zur Seite, und Torben schaute um die Ecke. Lucca steckte die Waffe weg und schnaufte erst einmal durch.

„Hättest du nicht wieder den normalen Eingang und die Treppe nehmen können, wie es sich gehört? Du hast uns einen ganz schönen Schreck eingejagt!", sagte Michael.

Torben grinste und sagte: „Dann hättet ihr aber nicht verstanden, wie es Ricardo oder Danielo geschafft haben, unbemerkt hier unten rein zu kommen. Außerdem ist die Tür wieder zugegangen, als ich draußen war!"

Lucca schob die Wand wieder zurück.

„Perfekt", sagte er. „Jetzt käme ich nie auf die Idee, dass hier eine Tür versteckt ist."

Sie wollten sich gerade wieder auf den Weg nach oben machen, als Lucca erneut Zeichen gab, still zu sein.

Sie lauschten gespannt. Michael spürte ein Kribbeln im ganzen Körper, und auch die anderen schienen äußert angespannt.

Man hörte eine Tür schlagen, und sie hörten, dass jemand durch das Haus ging.

Dann war es wieder totenstill.

„Gibt es hier doch Geister?", flüsterte Michael.

Lucca hatte seine Waffe in die Hand genommen und ging auf die Tür zum Treppenhaus zu. Er öffnete sie vorsichtig und schaute um die Ecke.

Dann schüttelte er den Kopf.

„Nichts zu sehen!", flüsterte er.

Inzwischen war Michael zu der Wand gegangen, aus der eben Torben gekommen war.

„Wie bekommen wir die jetzt wieder auf?", fragte er. „Die Tür liegt völlig glatt an und hat auch keinen Griff oder sonst etwas, mit der man sie öffnen könnte."

„Kein Problem", sagte Torben und ging in die Garage an eines der Regale mit den Werkzeugen. Er holte einen Akkuschrauber heraus, nahm aus einem Kleinteilemagazin eine große Schraube und ging zur Wand. Dort drehte er die Schraube in die Wand und zog an ihr. Tatsächlich kam ihnen das Stück der Wand wieder entgegen und sie konnten sie öffnen.

„Glück gehabt", sagte Michael. „sonst hätten wir nach oben und durch den Geheimgang wieder hier hinunter gehen müssen."

Sie teilten sich jetzt auf. Lucca und Michael gingen ins Treppenhaus und Torben in den Geheimgang.

Lucca und Michael waren schon die ersten Stufen die Treppe hinauf gegangen, als sie hinter sich Geräusche hörten.

„Das kommt aus dem Heizungsraum", flüsterte Lucca.

Er zückte wieder seine Waffe und öffnete vorsichtig die Tür. Im Heizungsraum brannte Licht und da stand...

„Wie kommst du denn hierhin?", fragte er Torben erstaunt.

Michael deutete zur Seite, und Lucca sah, dass in der Rückwand des Heizungsraums eine Tür war.

„Das ist der eigentliche Sinn dieses Gangs", sagte Torben. „Danielo hat eine Erdwärmeanlage einbauen lassen, und in dem Tunnel liegen die Leitungen, über die die Wärme hierhin geleitet wird. Er hat wohl zu viele James-Bond-Filme gesehen, und ist dann auf die Idee gekommen, dass ein Geheimgang und ein paar versteckte Türen ganz nützlich sein könnten!"

„Oder er hatte von Anfang an krumme Sachen vor!", sagte Lucca.
„Alles schön und gut", sagte Michael. „Aber jetzt wissen wir immer noch nicht, wen wir eben hier herumlaufen gehört haben!"
„Wenn es jemand ist, der uns etwas antun will, dann hätte er es schon lange gemacht", sagte Lucca. „Lasst uns nach oben gehen. Ich denke, da wartet schon jemand auf uns!"

Wie Lucca erwartet hatte, saß Alfredo in der Küche auf einem Stuhl. Er sah ziemlich niedergeschlagen aus.
Torben erzählte jetzt, was er entdeckt hatte.
„Ihr hattet ja schon gemerkt, dass hinter der Wand mit den Regalen noch ein Raum war. Das war ja auch nicht so schwer. Ich hatte schon, als wir herkamen, die Bude am Ende der Terrasse gesehen. Als ich die eben aufgebrochen habe, sah ich, dass dort eine Leiter nach unten ging. Und unten war ein Gang in Richtung Haus, der im Heizungskeller endete. Da war eine Tür, aber auch so gut getarnt, dass man sie normalerweise gar nicht sah. So ähnlich, wie die Tür zu dem 'Kommandoraum' neben der Garage."
Alfredo hatte die ganze Zeit noch nichts gesagt.
Dann nahm er einen Briefumschlag aus der Jacke, zog einen Brief heraus und reichte ihn Lucca.
Lucca hatte den Brief schnell gelesen, dann übersetzte er ihn für die deutschen Kollegen:

Lieber Alfredo,
es tut mir schrecklich leid für dich, aber ich bin Danielos großem Geist erlegen und konnte den Wunsch, mit ihm zu gehen, nicht ablehnen.
Du brauchst nicht nach mir zu suchen!
Du wirst mich nicht finden, selbst wenn du bis ans Ende der Welt gehst! Versuch es besser gar nicht!
Sei nicht zu traurig! Du wirst sicher eine nette Frau finden, die die Villa und den tollen Sportwagen mit dir teilt.

☺ Silvia

„Puh!", sagte Michael. „Das hätte ich nicht erwartet. Und jetzt?"

Torben hatte schnell geschaltet:

„Der Brief hat keine Marke und keinen Stempel. Also hat ihn der Absender persönlich eingeworfen. Und das Gomorrhatreffen ist auch erst gestern gewesen. Womöglich ist Danielo noch ganz in der Nähe!"

Luccas Handy meldete sich.

„Wieder eine SMS von Alfredo!", sagte er erstaunt. „Aber das kann doch nicht sein! Alfredo sitzt doch hier bei uns!"

Alfredo erklärte Lucca, dass er sein Smartphone nicht gefunden hatte, als er am Sonntagabend nach Rom gefahren war. Silvia hatte ihm noch in der Nacht eine Email geschickt, dass sie es gefunden habe und es in sicheren Händen sei!

Lucca übersetzte wieder.

„In sicheren Händen?", sagte Michael. „Na ja, kommt auf die Sichtweise an!"

„Was hat er denn jetzt noch geschrieben?", fragte Michael.

„Wir sollen den Fernseher anmachen und auf »Medien« schalten. Da wäre was für uns!"

34

Sie setzten sich im Wohnzimmer auf die Couch und schalteten den Fernseher ein. Unter »Medien« war ein Wechseldatenträger aufgeführt mit einem Video mit dem Titel 'Die Familie'.

Sie hatten gerade angefangen, das Video anzusehen, als es an der Tür klingelte.

Lucca ging hin und kam mit Onesto zusammen zurück.

„Wir waren mit der Beweissicherung schnell durch", sagte er, „deshalb bin schon hier!"

Lucca spulte zurück.

Sie sahen aus der Hubschrauberperspektive, wie die beiden Wachmänner in Richtung der Kamera schauten, konnten aber nicht verstehen, was sie sagten. Dann sahen sie die Frau mit dem Rucksack kommen, den Motorroller und dann auch den Lieferwagen, der von der Landstraße aus auf das Haus zufuhr.

„Wo sollen sie jetzt anfangen?", fragte Torben.

Sie sahen, dass die Wächter jetzt von allen Seiten aus angesprochen wurden, und dass der Rollerfahrer etwas aus der Tasche nahm. Dann fielen die Wächter um, und wurden von den beiden Männern neben den Eingang gelegt.

„Das nenne ich mal eine clevere Überrumpelungstaktik", sagte Lucca.

Dann verschwand der Rollerfahrer in dem Lieferwagen.

Das Bild wurde kurz schwarz, dann sahen sie aus der normalen Personenperspektive, wie jemand aus dem Lieferwagen ausstieg und auf das Haus zuging, in der das Gomorrha-Treffen stattfand.

Vor der Toreinfahrt waren die niedergestreckten Wächter zu sehen. Die Person ging weiter an den Hauseingang. Sie öffnete langsam und leise die Türe und kam in den Vorraum.

Der Blick schwenkte nach rechts, wo ein Spiegel an der Wand war, und man sah die Person im Spiegel. Sie trug je eine Waffe rechts und links.

„Darth Vader!", rief Michael erstaunt.

„Das könnte Danielo sein!"

„Aber auch Ricardo", sagte Lucca.

Die Person ging weiter an die Tür zum Versammlungsraum, stieß sie auf und streckte sofort die ersten beiden Männer beiderseits des Tisches nieder.

„Nicht lange fackeln!", sagte Torben.

Dann sahen sie, dass der Boss blitzschnell eine Pistole genommen und auf Darth Vader geschossen hatte.

Sie hörten Darth Vader etwas sagen; Lucca spielte jetzt den Simultanübersetzer.

„Lass das lieber, sonst bist du der nächste!"

„Schusssicherer Anzug!", sagte Michael.

Dann befragte Darth Vader den Boss zu der Katastrophe im Bunker, und sie sahen, wie dieser seinen gesprächswilligen Kapitän erschoss.

Die Kommissare meinten, ein Fluchen von Darth Vader zu hören. Und schon sah man, dass dem Boss Blut über die Stirn lief, und er zusammensackte.

„Wer immer in dem Anzug steckt, er macht keine halben Sachen!", sagte Lucca.

Dann folgte das Geständnis Rialzatos.

Als Darth Vader nach Professor Spettro gefragt hatte, sagte Lucca: „Damit dürfte wohl endgültig klar sein, wer in der Verkleidung steckt, und welches Motiv ihn getrieben hat!"

Der Bildschirm wurde schwarz.

„Das alles ist gestern passiert", sagte Lucca. „Das heißt, dass Danielo und seine Komplizen noch nicht weit weg sein können!"

„Ich glaube auch, wir sind ganz nah dran!", meinte Michael.

„Wir haben aber ein großes Problem!", sagte Lucca.

„Wie meinst du das?", fragte Michael.

„Sie haben Alfredos Smartphone!"

Lucca sprach mit Alfredo, dann sagte er:

„Alfredo sagte, dass man mit den Apps, die da drauf sind, praktisch jedes Handy überwachen, und noch andere ziemlich dreckige Sachen machen kann! Er sagte aber auch, dass er auf dem Gerät, das er jetzt als Ersatz mitgenommen hat, die gleichen Apps installiert hat."

„Kann er damit auch sehen, wo Danielo jetzt ist?"
Lucca wusste gleich, auf was Michael aus war und fragte Alfredo.
„Wo Danielo ist kann er nicht sehen, sagte er, weil er seine Nummer nicht kennt. Aber er hat die Nummern von Silvia und Ricardo. Wenn sie ihre Handys dabei haben…"
Lucca überlegte.
„Wenn es so ist, wie ich mir das Ganze vorstelle, dann sind Danielo, sein Bruder Ricardo und Elena ein Team und haben diesen Privatkrieg gegen die Gomorrha gemacht. Dann ist wohl Silvia dazu gestoßen, und jetzt sind sie zusammen auf dem Weg ans Ende der Welt, wie Silvia das genannt hat!"
Alfredo hantierte kurz mit seinem Handy und zeigte es Lucca.
Eine Landkarte mit zwei roten Punkten war zu sehen.
„Sie sind in Kroatien in der Nähe von Zadar!", sagte Lucca.
„Das ist doch von hier aus gesehen geradeaus übers Meer!", sagte Torben.
Alfredo sprach Lucca an. Leider konnten Michael und Torben nicht verstehen, was er ihn fragte.
„Ich komme gleich wieder", sagte Lucca zu den anderen und ging mit Alfredo vor die Tür.
Es dauerte ein paar Minuten, dann kam er zurück.
„Wo ist Alfredo?", fragte Michael verwundert. „Hast du ihn einfach gehen lassen?"
Lucca nickte und sagte: „Das erkläre ich euch später."
Er nahm sein Smartphone und rief eine App auf.
Die Landkarte mit den roten Punkten erschien.
„Alfredo hat mir die App überlassen, mit der man die Handys orten kann", sagte er und schaute gespannt auf das Display.
„Sie fahren zum Hafen!", sagte er erstaunt. Er stellte die Vergrößerung auf den maximalen Wert.
Kurz darauf brach die Verbindung ab.
„Sie müssen auf eine Fähre gefahren sein!"
Lucca rief den Fahrplan auf.
„Es gibt nur eine Fähre, die um diese Uhrzeit abfährt. Und die ist morgen früh um 9 Uhr in Ancona."

„Vielleicht haben sie vergessen, die Waschmaschine auszuschalten", sagte Michael.
Lucca lachte.
„Das glaube ich nicht! Aber es könnte doch sein, dass sie auf einer Tour nicht alles mitnehmen konnten, was sie wollten."
Er schaute auf die Uhr und sprach wieder mit Onesto.
Auch Michael hatte auf die Uhr geschaut.
„Höchste Zeit, dass wir wieder zum Hotel fahren", sagte er.
„Das könnt ihr in Ruhe machen", sagte Lucca.
„Wir werden am Ball bleiben! Ich habe doch eure Handynummern. Sobald ich etwas Neues weiß, rufe ich euch an!"

35

Caporione und Onesto standen in Ancona am Hafen. Die Fähre aus Zadar war eben eingelaufen. Die Spezialeinheiten der Stato hatten ihre Posten bezogen.

Onesto hatte die Leute darauf aufmerksam gemacht, dass Danielo und seine Mitstreiter sehr gefährliche Waffen besaßen.

Zwei der Leute waren direkt auf das Schiff gegangen und hatten die Fahrzeuge angeschaut.

„Einen Lieferwagen, so wie ihr ihn beschrieben habt, sehen wir hier keinen", meldeten sie.

„Dann müssen wir wohl warten, bis die Autos vom Schiff kommen, und genau aufpassen, wann wir wieder ein Signal empfangen", sagte Onesto.

Ein Wagen nach dem anderen kam über die Rampe gerollt, aber ein Lieferwagen, so wie Danielo ihn besaß, war tatsächlich nicht darunter.

Plötzlich stupste Onesto Caporione mit dem Ellbogen an.

„Das Signal!", sagte er und gab den Leuten ein Zeichen.

Ein paar PKW mit deutschen und schweizer Kennzeichen kamen aus dem Schiffsbauch, und ein kleiner, alter Fiat mit italienischen Kennzeichen.

„Einer von denen muss es sein!", sagte Onesto zu Caporione.

Die Männer vom Spezialkommando winkten die Fahrzeuge zur Seite. Jetzt standen auch die Männer in schusssicheren Westen und mit Gewehren in der Hand parat, und ein Wagen der Einheit hatte sich quer in die Ausfahrt gestellt, um eine Flucht zu verhindern.

Die Männer zeigten den Passagieren an auszusteigen.

Alle folgten dem Aufruf und stellten sich mit erhobenen Händen an die Seite.

Caporione ging mit seinem Handy näher ran.

„Der kleine Fiat ist es!", sagte er erstaunt.

Er ging zu dem Wagen, öffnete die Tür und durchsuchte ihn. Auf dem Boden hinter dem Beifahrersitz wurde er fündig.

„Hier liegen zwei Handys rum!", sagte er.

Der Mann, der mit dem Fiat gekommen war, zitterte am ganzen Körper, als Onesto zu ihm ging.

Währenddessen gab Caporione den Männern des Spezialkommandos ein Zeichen, dass die übrigen Leute wieder zu ihren Wagen gehen und weiterfahren könnten.

Onesto sprach mit dem Fiatfahrer. Er winkte Caporione heran, und der Fahrer erzählte ihm, was geschehen war.

Caporione sprach mit dem Mann, dann stieg dieser wieder in den Fiat und fuhr los in Richtung Senigallia.

„Wenn du alles weitere veranlasst, würde ich gerne wieder nach Scapezzano fahren. Ich glaube, die deutschen Kollegen haben es verdient, die neuesten Fakten zu hören", sagte er zu Onesto.

„Ist in Ordnung!"

Nun saßen Michael, Torben und Lucca in einer Ecke auf der Terrasse vor den Apartments.

„Ich hatte die Kollegen informiert. Sie standen Gewehr bei Fuß, wie man sagt. Wir wollten unsere 'Freunde' direkt im Hafen abfangen!", sagte er.

„Die Kollegen wussten hoffentlich, dass Danielo und Co. extrem gefährliche Waffen haben?", fragte Michael.

„Das wussten sie!", sagte Lucca. „Aber sie haben sie nicht gebraucht!"

„Du willst doch nicht etwa sagen, dass sie sich freiwillig haben festnehmen lassen?", fragte Torben ungläubig.

„Nein, sie waren gar nicht da!"

Michael schüttelte den Kopf.

„Hätten wir uns doch eigentlich denken können, oder?"

„Sie haben uns wieder an der Nase herum geführt", sagte Lucca.

Dann folgte die Erklärung:

„Der Wagen, in dem die Handys lagen, war ein uralter Fiat, der wohl Ricardo gehört hat. Im Wagen saß ein einzelner Mann, ein Tunesier, der fast vor Angst gestorben wäre, als wir ihn in Kampfmontur und Maschinengewehren in der Hand empfingen.

Er sagte, ein Mann habe ihm ein paar nagelneue Hunderter in die Hand gedrückt und ihm den Auftrag gegeben, mit dem Wagen nach Kroatien zu fahren, dort ein Paket abzugeben, und dann mit dem Wagen wieder zurück nach Scapezzano zu kommen.

Er hat sich dann überlegt, dass es fast das gleiche kostet, wenn er wieder den Weg halb um die Adria herum macht, aber er viel schneller wieder hier ist, wenn er die Fähre nimmt."

„Verständlich", sagte Michael. „Und was war in dem Paket?"

„Ein paar Flaschen Wein!"

„Ich verstehe", sagte Michael. „Ein reines Ablenkungsmanöver, damit wir hinter dem Wagen her hechten und Danielo und Co. in Ruhe in eine andere Richtung abhauen konnten. Ganz schön clever!"

„Klar", sagte Lucca. „In der Zwischenzeit können sie in den Flieger gestiegen und jetzt am anderen Ende der Welt sein."

„Wie Silvia geschrieben hat!", sagte Torben.

„Oder sie sind gar nicht so weit weg. Wenn sie mit dem Lieferwagen gefahren sind, können sie schon fast überall in Mitteleuropa angekommen sein. Ich könnte mir vorstellen, dass Danielo den Mord an seinen Stiefeltern nicht ungesühnt lässt. Aber er wird es kaum schaffen, die Täter zu identifizieren, weil er mit Sicherheit nicht mehr Hilfe von Alfredo bekommt."

„Aber egal wo sie sind, wenn sie sich unauffällig verhalten, wird es sehr schwer, sie zu finden", sagte Michael.

„Oder sogar fast unmöglich!", sagte Lucca.

Dann fiel Michael noch etwas anders ein.

„Was ist mit dem Kollegen Danielos, der wirklich derjenige war, der den Bunker in die Luft gejagt hat?"

„Ich werde die Kollegen von der Stato bitten, sich um ihn zu kümmern", sagte Lucca. „Das ist nicht meine Aufgabe!"

36

Eine Sache wollte Michael noch wissen.

„Aber was war gestern Abend mit Alfredo? Hast du ihn wirklich einfach laufen lassen?"

„Einfach laufen lassen nicht!", sagte Lucca. „Er hat mir immerhin die App überlassen, mit der ich die Handys von Ricardo und Silvia orten konnte."

„Aber das war doch für die Katz'!", sagte Michael. „Teurer Preis für die App."

„Das kann man so und so sehen", sagte Lucca. „Ich erkläre es dir:

Wir kommen mit unseren Möglichkeiten beim Kampf gegen die Gomorrha, oder wie man sie auch immer nennen will, nicht weit. Und was die DIA kann, habe ich euch ja geschildert. Schlimm dabei ist, dass wir uns immer an Gesetze und Vorschriften halten müssen, während die Banditen machen, was sie wollen. Soll ich dann jetzt auch noch gegen die Leute arbeiten, die uns bei diesem Kampf helfen? Nein, auch wenn ich das nicht darf - ich werde nichts gegen Alfredo unternehmen. Eher helfe ich ihm noch."

„Wie meinst du das?"

„Alfredo wird Silvia suchen. Wenn er sie findet, wird Danielo nicht weit sein. Und dann haben wir ihn!"

„Aber ist das nicht viel zu gefährlich für Alfredo? Sie schicken ihn doch schneller ins Jenseits, als man denken kann!"

„Ich sorge dafür, dass ihm bei der Suche nichts passiert."

„Wie meinst du das?", fragte Torben.

„Du weißt doch, was Schutzengel sind, oder?"

„Klar, aber er wird eine ganze Horde an Schutzengeln brauchen!"

„Kommt auf die Schutzengel an!", sagte Lucca.

Michael gab sich geschlagen.

„Und warum bist du dir so sicher, dass Alfredo nach Silvia suchen wird?"

„Er hat gestern, als er ging, noch etwas vor sich hin gesagt."

„Was denn?"

„Auch wenn ich bis ans Ende der Welt muss, ich finde dich. Und
dann jage ich dich in die Hölle!"

Kapitelübersicht

Einige Personen

Name	Beschreibung
Hauptakteure	
Danielo Spettro	Extravaganter Physiker
Ricardo Ladro	Zwillingsbruder von Danielo ehemals im Hotel als Hausmeister
Alfredo Arrivato	Junger Programmierer
Silvia Dattilografa	Zuerst Kollegin von Alfredo, später im Hotel am Empfang
Elena nn	Freundin von Ricardo ehemals im Hotel am Empfang

Polizei in Italien

Name	Beschreibung
Lucca Caporione	Chef der Carabinieri in Senigallia
nn Ciccione ('Cicci')	Kräftiger, bärenstarker Carabiniere
nn Burattino	Großer Carabiniere
nn Nanonaso	Kleiner Carabiniere
nn Scarno	Dünner Carabiniere
nn Rialzato	Truppführer der Stato*
nn Onesto	Polizist der Stato*
nn Stagnaio	Polizist der Stato*

Weitere Personen in Italien

Name	Beschreibung
Mario nn	Erster Junge /'Höhlenforscher'
Francesco nn	Zweiter Junge /'Höhlenforscher'
nn Leguleio	Notar/Anwalt
Roberto Manichetta	Chef der Feuerwehr in Senigallia
nn Pala	Chef der Baumaschinenfirma
Sibilla Strega	Alte Frau, 'Geisterwarnerin'
Riziero Fornaio	Inhaber von Ricardos Lieblingspizzeria
Umberto Strozzino	Makler der casa onorata
Ho	Chinesicher Geheimdienstler
Michele und Carla Pauroso	Interessenten für Danielos Villa
Matteo und Marie Avvitaro	Interessenten für Danielos Villa

*Staatspolizei, vergleichbar mit der Kriminalpolizei in Deutschland

Ausblick

Der dritte und letzte Teil der Trilogie „Das Projekt Duplo“ mit dem Titel „Das Projekt“ ist in Arbeit und soll 2018 erscheinen.

Worum geht es?
Falls Rialzato, der kriminelle Polizist der Staatspolizei, nicht gelogen hat, steckte nicht die 'Gomorrha' hinter den Morden an Danielos Stiefvater und seinen Kollegen, sondern eine andere kriminelle Organisation, die der Stiefvater 'Dunkle Mächte' genannt hat.
Trotz der Erkenntnis, dass für die Teammitglieder Lebensgefahr besteht, wenn sie das Projekt wieder aufleben lassen, entschließt sich Danielo, die noch lebenden Mitstreiter seines Stiefvaters zu animieren, mit ihm zusammen das Projekt erfolgreich abzuschließen.
Glücklicherweise sind alle dazu bereit, weil auch sie der Meinung sind, dass die schlimmste Strafe für die 'Dunklen' wäre, wenn sie dies schaffen.
Aber Danielo und seine Mitstreiter müssen nicht nur vor den 'Dunklen' Angst haben; auch Alfredo hatte Rache geschworen!
Nicht zu vergessen die Polizei; auch sie wird daran interessiert sein, Danielo und Co. doch noch zu erwischen.
Der endgültige Abschied aus der Heimat und die Zuflucht 'Am Ende der Welt' müssen noch warten, auch wenn Danielo schon Vorbereitungen trifft und sich wieder legale Einkünfte sichert.

Zu seiner Überraschung bekommt er Unterstützung zugesagt, mit der niemals gerechnet hätte.
Allerdings nur, bis das Projekt seines Stiefvaters abgeschlossen ist!

Aber auch das, was danach geschieht, ist es wert, aufge-schrieben zu werden. Wobei die Handlung dann allerdings mehr im Bereich der 'Fiction' als bei der 'Science' anzusiedeln ist.